PARDON MÈRE

DU MÊME AUTEUR

Aux Éditions Bernard Grasset

CARABAS, *récit*, 1971.
L'OGRE, *roman*, Prix Goncourt 1973 (Les Cahiers Rouges).
L'ARDENT ROYAUME, *roman*, 1975 (Livre de Poche).
LE SÉJOUR DES MORTS, *nouvelles*, 1977.
LES YEUX JAUNES, *roman*, 1979 (Livre de Poche).
OÙ VONT MOURIR LES OISEAUX, *nouvelles*, 1980.
JUDAS LE TRANSPARENT, *roman*, 1982 (Livre de Poche).
LE CALVINISTE, *poèmes*, 1983.
JONAS, *roman*, 1987 (Livre de Poche).
COMME L'OS, *poèmes*, 1988.
MORGANE MADRIGAL, *roman*, 1990 (Livre de Poche).
FLAUBERT OU LE DÉSERT EN ABÎME, *essai*, 1991.
LA TRINITÉ, *roman*, 1992 (Livre de Poche).
LE RÊVE DE VOLTAIRE, *récit*, 1995 (Livre de Poche).
LA MORT D'UN JUSTE, *roman*, 1996.
L'IMITATION, *roman*, 1998 (Livre de Poche).
INCARNATA, *récit*, 1999.
SOSIE D'UN SAINT, *nouvelles*, 2000 (Livre de Poche).
MONSIEUR, *récit*, 2001 (Livre de Poche).
LE DÉSIR DE LA NEIGE, *poèmes*, 2002.
LES TÊTES, *récit*, 2003.
L'ÉCONOMIE DU CIEL, *roman*, 2003 (Livre de Poche).
L'ÉTERNEL SENTIT UNE ODEUR AGRÉABLE, *roman*, 2004.
ALLEGRIA, *poèmes*, 2005.
LE DÉSIR DE DIEU, *essai*, 2005.
AVANT LE MATIN, *roman*, 2006.
LE VAMPIRE DE ROPRAZ, *roman*, 2007.
REVANCHE DES PURS, *poèmes*, 2008.

Suite en fin de volume

Comment un homme peut-il naître quand il est vieux ? Peut-il rentrer dans le sein de sa mère et naître encore une fois ?

JEAN 3,4

Longtemps j'ai eu le temps

Longtemps j'ai eu le temps. C'était quand ma mère vivait. J'étais désagréable avec elle, ingrat, méchant, je me disais : j'aime ma mère. Elle le sait, ou elle finira bien par le savoir. J'ai le temps. Elle et moi, l'un quant à l'autre, nous avons le temps. Le temps de quoi ? Moi, de lui prouver que je l'aime et que je mérite son amour. Elle, de reconnaître mon amour d'elle et de me le dire. Et qu'elle a reconnu mes preuves. Qu'elle m'a vu comme j'existe, bon, courageux, d'humeur claire, aimant ma mère de toute ma reconnaissance de ce qu'elle m'a donné, pour l'heure maladroit avec elle parce que la pudeur s'en mêle, la crainte de n'être pas à la hauteur, la terreur de l'aimer trop et d'avoir à me trouver sans elle, la peur de m'engager dans une nouvelle vie avec elle dès que je lui aurai parlé. Et aussi parce que j'ai le temps.

J'ai le temps. Nous avons le temps. Je me le répétais sans répit, c'était dit par moi et c'était implicite en moi, à toute minute je le formulais, à toute minute je le sentais, le savais en moi sans le formuler. J'ai le temps de montrer à ma mère que je l'aime. J'ai le temps de ne plus la décevoir par ma conduite et mes propos. J'ai le temps de cesser de l'injurier. Un jour je me découvrirai, elle me découvrira, ce jour viendra, je le sais, et la paix s'installera entre nous et nous tirerons joie et bonheur de nos deux êtres enfin légers et ouverts l'un à l'autre.

En attendant le temps passait. Je rencontrais ma mère, je la blessais parce que tout en elle me blessait. Son esprit était droit, sa pensée juste, son élégance de bon goût, sa taille bien prise, son regard d'un bleu un peu gris était pur et me *voyait*. Et moi je n'étais pas digne de ce regard, de cette beauté, de cette humeur enjouée.

Tant allait mon humeur à moi que ma gêne devenait tangible, et la querelle éclatait.

Rien ne presse, me disais-je à chaque nouvelle dispute, je n'ai pas à m'inquiéter, le temps travaille pour elle et moi. Le temps passait, je le savais, mais je croyais ma mère immortelle. Non, rien ne presse. Ma mère a cinquante ans, soixante, soixante-dix ans, on va la fêter à quatre-vingts ans, on fête les quatre-vingt-cinq. Ma mère est immortelle, elle est solide, volontaire, avisée de sa santé, je sais trop qu'un jour elle mourra, en attendant j'ai le temps.

L'allégement ! Laissez-moi rire. En ai-je assez parlé, de mon application à jeter du lest, à me défaire de l'inutile, à me désencombrer de ce qui ne m'est pas essentiel. Mais l'essentiel, l'élémentaire, le nécessaire, n'est-ce pas justement l'amour de ma mère, celui qu'elle me donne et celui que j'ai d'elle, et que je n'ai jamais su, ni voulu, ni pensé débarrasser des cendres et des scories qui le recouvrent pour mon malheur.

De ma mère, à tout instant, j'ai des images qui me percent le cœur. Ma mère à la montagne, l'été, paysage d'herbe drue, de fleurs solaires où tremblent des vulcains aux ailes de feu, toujours son regard azuré, son rire, sa démarche rapide sur la crête. Nous sommes seuls avec elle, ma sœur et moi, mon père est sous les armes, Dieu sait où sur la frontière, j'ai sept ans, huit ans, j'ai ma mère presque à moi et je fonds en elle. Rougemont, les Préalpes, les Ormonts, oiseaux suspendus au ciel éblouissant, chardons qui luisent à la pente râpeuse, le soir est froid et rose à la montagne, je me serre contre ma mère, la nuit vient. Qui dira la tendresse déjà blessée à l'idée de perdre, de laisser fuir, de ne pas mériter, de décevoir ? Digne et indigne de tels instants, d'un tel être. C'est ma mère. Je la veux. Je veux son regard, son cœur, son corps. Dans le pur amour, j'en suis sûr, aujourd'hui surtout que je note ces choses, dans la vraie tendresse du garçon aimant sa mère d'amour filial. Je n'ai *jamais* eu le désir trouble de ma mère. Il n'y a jamais eu d'attrait sexuel, de fantasme amoureux, même pas en rêve, ou dans l'imagination du pire, dans le sentiment que j'ai eu de ma mère, petit enfant, adolescent, homme. J'ai aimé ma mère comme une mère.

Je parle de son regard, de ses yeux d'un bleu tirant sur le gris, parfois d'un bleu argenté à la tombée de la nuit, lorsque le jour cède, la lampe n'est pas encore allumée, il y a l'attente, j'ai quatre ans, ma mère me prend dans ses bras et me berce en chantonnant une chanson d'une voix claire puis elle me repose au sol, je la vois, ses yeux ont cette couleur d'avant l'ombre où le bleu, le gris, luisent comme venus du dedans, du caché en elle que j'aime, ô mère, tes yeux d'argent léger, moire douce.

C'est aussi qu'à la fin de sa vie ma mère devient aveugle, deux ou trois ans de quasi-cécité puis elle ne voit plus rien et je dois apprendre que tout ce que je sais du regard de ma mère est maintenant mort, anéanti. Tout ce que j'aime des yeux de ma mère, et de ce que son regard lui dit de moi, de ce regard qui me traverse, me pénètre, voit tout de moi, sait et devine tout de mes ruses, de mes secrets, échappatoires, pistes de rôdeur, mensonges, et de mes calculs pour lui plaire et aussi pour lui déplaire, la provoquer, la blesser. Ma mère aveugle. Ce même regard, cet autre regard, ce vide bleu couleur du ciel, de myosotis, qui me voit sans me voir et fait trembler les cordes en moi de la douleur et du remords bien plus encore que le regard qu'elle a porté sur moi toute sa vie, jusqu'à son attaque, thrombose, coma, de 1996. Elle avait quatre-vingt-six ans.

Ciel, myosotis, eau légère, buée, vapeur d'aube au-dessus des prés, des vergers, des rivières, images de ce pur regard d'intelligence, d'innocence.

Ce regard aux derniers instants sur le corps de mon père, à la fin de son agonie de quatre jours après son suicide raté. Ma mère ne l'a pas revu depuis des semaines, elle s'approche du corps totalement immobile, elle voit la tête percée par la balle du pistolet sous le bandeau, et le front rigide, inconscient, et les paupières fermées. Elle mesure l'absence, elle écoute le souffle rare et rauque. Regard de ma mère sur ce visage déjà figé, sur ce corps déjà gagné par la mort. Puis sa voix simple, les deux mots affreusement simples : « adieu Pierre ».

Sa naissance

Ma mère est née dans la ferme de sa grand-mère maternelle, à Vallorbe, le 9 mai 1910. Il était un peu plus de midi, les cloches sonnaient, depuis la fin de la matinée une tempête de neige secouait la contrée et la montagne avoisinante. Toute sa vie ma mère a raconté ces cloches, cette neige, sa mère et sa grand-mère lui avaient donné les détails de cette journée, la sage-femme avait du retard à cause de la neige, on avait pu craindre le pire.

Lucienne Vallotton, fille d'Alexandre et de Thérèse, née Jaillet. Cadette de deux sœurs et d'un frère, mon parrain Ernest-François. A la naissance de ma mère, son père tient le *Bazar de Vallorbe*, qui s'agrandit et se nommera désormais *A la Ville de Paris*.

C'est peut-être d'entendre ma mère raconter ces événements que m'est venue ma curiosité de la neige, que j'associe toujours à elle, à son enfance, au vol de flocons qui tourbillonnent à la fenêtre de la chambre où elle naît. Premier cri de ma mère sortant de sa mère devant la blancheur, le vertige blanc, les flocons en corolles des cerisiers, le moulin venteux et cotonneux qui brille, qui éclaire aux premiers bruits et cris du petit être entouré de femmes, enfant de la neige, du vent, du son des cloches sur la petite ville printanière, enneigée, assommée sous la pente du Jura et la tempête hors de saison.

Curiosité, passion, tendresse, désir de la neige, temps de l'enfance, légende maternelle, récit exact, je remonte le temps, lumineuse spirale, couches de vapeur qui éclairent un monde où je ne serai jamais qu'un rôdeur éperdu de retrouver sans cesse le visage de sa mère comme Jonas celui de Dieu partout présent où il s'égare ou se cache. Naissance et premières années de ma mère. Son corps d'enfant. Ses yeux d'avant. Mais de quel temps, de quel avant, sinon de ce qu'elle est, devient, découvre, avant de me porter en elle ? Je remonte et déroule un temps auquel je n'appartiens pas. Celui de ma mère avant moi. Lumière et neige. Tourbillons de neige en spirale devant la fenêtre paysanne que je ne connaîtrai pas. Le temps de ma mère sans moi comme aujourd'hui je vis le temps sans elle. Le temps arrêté et inutile de n'avoir pas servi, avant l'issue de sa mort, à ce que je m'ouvre enfin à elle de ma souffrance à la faire souffrir.

Des Vallotton, notables et responsables de Vallorbe depuis des siècles, ma mère a la ténacité, la dignité, la pudeur, l'intelligence pratique, le goût viscéral de la terre et de la matière. Les Grandes Forges de Vallorbe ont été longtemps dévolues aux Vallotton. Mon grand-oncle Adrien, le frère d'Alexandre, a été le dernier patron de ces forges. Le travail du fer. On l'appelait le Grand Chaînier.

Félix Vallotton : le peintre appartient à l'une des branches de la famille. Ma mère ne regardait pas sa peinture. Elle aimait les choses tangibles, le végétal, l'humus, les passages d'ailes dans les haies, la naissance de l'aube, le chant du merle dont je ne puis entendre les glissements, le modulé, l'appel phrasé comme un clair et mystérieux reproche, sans que mon cœur se serre de remords et de regret.

Toujours la voix de cette blessure au fond du temps, de l'air, de la musique de l'être, cette blessure c'est ma mère et je tire le suc de ma propre vie, aussi le plaisir, quelquefois la sérénité, de bien savoir l'endroit où j'ai mal, et qu'il ne cicatrise pas.

En même temps, de cette blessure je tire ma force : puissante, toujours virulente, elle laisse loin derrière elle tous les autres maux qui peuvent survenir. Et de jour en jour je te choie, je t'aime, je t'entretiens, blessure infligée par ma mère, crucifixion lente, répétée, quelquefois douce, quelquefois claire, punition toujours douloureuse et sonore au fond de moi. Comme la mort de ma mère elle aussi m'a donné force : après sa mort, il ne pouvait rien m'arriver de pire.

Mais crucifixion ? Le mot me déplaît, là où je viens de l'écrire. Son exagération eût beaucoup déplu à ma mère. C'est en songeant à *L'Imitation* qu'il m'est venu : toujours tout faire pour prendre sur soi et imiter le chemin et les souffrances du Christ. A notre façon, la mort de ma mère, et mon remords d'ingratitude et d'arrogance à son endroit, m'infligent jour après jour, à ma pauvre mesure, comme une approche ininterrompue et patiente du supplice de Golgotha.

Enfant déjà, je sais

Enfant déjà, je sais qu'on ne peut aimer plus que toi les fleurs, les oiseaux, et les connaître, les nommer, avec plus de fervente tendresse. Les oiseaux tu les énumères, tu les décris, tu imites leur cri, les fleurs tu les cultives dans le jardin de Payerne, plus tard dans celui de Pully, des heures durant par tous les temps je te vois venir par les allées, remontant le petit talus de la terrasse devant le lac, surveillant tes roses, tes dahlias, redressant le col d'une pivoine que l'orage a fait ployer, t'écriant devant l'eau en perles brillantes dont la pluie a gorgé le feuillage en main creuse des catalpas.

Ma mère avait la terre dans l'âme. L'odeur de la terre. Penchée sur les corolles, les feuilles,

les tiges, elle les écoutait pousser, elle les avait semées, plantées, protégées, elle touchait légèrement les minces folioles, caressait les têtes des bouquets, tenait et pressait un long moment dans ses mains la mauvaise herbe qu'elle avait arrachée dans les plates-bandes. L'humus encore, le terreau, les racines, la mousse. Lieux humbles, creuset de l'être, origine du foisonnement. Le contraire de l'arrogance, du bruit vaniteux, de l'exhibition faraude. La vraie fierté du sol tenait ma mère, et les cailloux, les fibres du bois, les lichens, tout ce qui appartient à la pénombre, au couvert des feuilles, aux caches et aux revers des haies, au sous-bois, à la pourriture végétale à son tour muée en sol dense où surgiront l'arbre et la fleur.

J'ai toujours vu ma mère, même très âgée, devenue aveugle, palper des fleurs, toucher de sa main ferme et hésitante le galbe d'une tulipe, la complexité d'une rose, l'effilé d'un rameau de saule ou le piquant de l'aubépine dans les bouquets que je lui apportais. Comme elle est loin de toute bassesse, me disais-je à chaque fois, comme elle est préservée des arrogances du monde !

Elle était le contraire de la vanité et du tapage. Son ascendance de notables économes, droits, calvinistes exemplaires les uns aux autres, avait mis dans son sang la modestie des vrais forts. Je n'ai jamais vu céder ma mère. S'abandonner à une pulsion soudaine, une colère publique, même un geste d'impatience. Très souvent, devant la sottise, la médisance, l'injure que pouvait lui faire le monde, elle citait d'un air malicieux un proverbe ou quelques vers de La Fontaine qui valaient mieux, à ses yeux, qu'aucune réplique d'humeur ou d'indignation.

Tant que nous vivions à Pully, le jardin l'a occupée plusieurs heures par jour. Quand elle est venue vivre en ville, elle a acheté une petite maison à la campagne, à Vulliens, un village perdu dans les confins du Jorat, où chaque dimanche et tout l'été elle soignait ses fruits, ses légumes, ses massifs fleuris dans l'herbe drue qu'elle tondait ou faisait faucher, cela dépendait de la saison, par un paysan voisin. Des mésanges vivaient dans ses haies. Des hirondelles sous l'auvent. Un couple de geais lui fut fidèle deux ou trois ans, et un blaireau, bête puissante, souffle bruyant, qui forait son trou dans le talus de cotonéasters et inquiétait son sommeil. Il y eut des merles, des rouges-gorges, des pinsons, au gros de l'hiver un bouvreuil très rose, bien visible sur la neige étincelante, et des alouettes fulgurantes au ciel d'août, des bergeronnettes, une fauvette babillarde dont on imita les phrases, et même un martin-pêcheur sur l'écume de la rivière proche. Il y eut la rose trémière et le lupin qui éclate de violet bleuté. Il y eut ces mélancoliques fleurs mauves d'octobre, les vendangettes, quand la voix est sonore dans l'air et les jours deviennent courts. Il y eut des buissons de fougères, du thym, des coupes garnies de capucines, des écureuils invités à des festins de noisettes dans la haie du fond, des corneilles et des pies chassées à coups de mouchoirs de couleur largement secoués parce qu'elles menacent les nids printaniers. Elle choyait la confusion du mangeable et du visible, légumes beaux, cerises, melons, courges roses, toujours dans ce relent de terre, d'engrais, de sillons, de serres, de bordures feuillues et étoilécs de fleurs allègres devant le sol gorgé et noir où s'élaborent les naissances.

Elle parlait souvent du jardin de sa grand-mère, à Vallorbe, dans le parfum intense du lilas, et du balcon duquel son oncle pêchait la truite dans la rivière, c'était en pleine ville, au soleil, l'odeur du lilas et des cytises se mêlait à celles de l'eau, des rives, des maisons baignées par l'Orbe secouée et verte sous les petits auvents et les pontons des vieilles constructions riveraines.

Une profonde paix vient de ces choses, qui contredit mon inquiétude d'avoir fait souffrir ma mère. Qu'au moins ces images revenues, et qui étaient vraiment d'elle, portées par elle, et qu'elle aimait, lui aient donné autant de nostalgique bonheur qu'elles m'angoissent de toute leur charge de *jamais plus*. Et peut-être qu'elle les retrouve, là où elle est aujourd'hui, comme une bouffée d'air terrestre, enfantin, primordial, dans sa nouvelle vie hors du temps.

Elle ne parlait pas de Dieu

Elle ne parlait pas de Dieu. Elle appartenait à la race de ceux qui gardent la croyance de leur enfance dans un mutisme pudique. Comme si montrer Dieu en soi, ou dire Dieu, était une manière d'indécence. Pire : une faute de goût.

Parler de Dieu, avouer Dieu, c'eût été aussi se livrer, ce que ma mère n'a jamais fait. Même avec mon père, et davantage encore à mesure qu'il se débauchait dans des histoires dangereuses, elle a toujours conservé une liberté de pensée, de parole, d'attitude, qui lui a valu des colères et des querelles dont elle se libérait en se concentrant sur elle-même, forte, tenace, têtue, mon père y butait comme sur une carapace.

Parler de Dieu c'eût été avouer qu'elle était bonne, compatissante, vulnérable dans son extrême sensibilité, ce qu'elle n'a pas voulu faire pour s'abriter dans ce qu'elle savait de sa force de résistance, de durée, de contrepoids familial aux diverses folies d'un homme dont nous ignorions, ma sœur et moi, qu'il nous mettait en danger en se livrant à des jeux de plus en plus opaques.

En cas de danger, se resserrer dans sa cuirasse. En dire le moins possible. Sur soi, sur l'autre, sur ses propres manques, sur sa force, sur ce qui pousse un frêle être toujours à aller, à avancer, à ne pas céder, sans doute à *croire*. Qui donne son secret le perd.

Si elle était née catholique, ma mère aurait manifesté sa foi pour en faire une arme évidente.

Protestante, née dans un calvinisme d'autant plus sévère qu'il s'est développé dans un lieu difficile à vivre, où l'économie de montagne et la rudesse du climat favorisaient l'austérité, la méfiance des aveux, l'horreur de la confession (« c'est bon pour les catholiques, d'ailleurs on n'en a pas ici »), la haine de l'ostentation, le silence et la retenue préférables à toute faconde. Dans ces montagnes, le débit complaisant est assimilé à la pire prodigalité : c'est une faute. Un pasteur qui parle trop bien, un avocat trop loquace sont des menteurs. Pour être vrai le langage doit être hésitant, rugueux, alourdi d'accent, imagé de mots patois qui confortent le sentiment du clan.

Ma mère parlait aisément, avec plaisir, sans accent. Sa voix était douce, les mots se détachaient clairement, son vocabulaire était vaste et précis. Elle excellait à tous les jeux de langage. Elle avait appris à l'Ecole supérieure de jeunes filles à dire la poésie par cœur, récitait La Fontaine, Lamartine, beaucoup de poètes allemands, des comptines anglaises, des proverbes par dizaines. Elle lisait, écrivait agréablement, composait à la fin de sa vie, devenue aveugle, des épigrammes, des bouts-rimés, qu'elle retenait avec précision et récitait avec un étrange humour satirique.

Parlait-elle davantage de Dieu, à la Pensée, la maison où elle est morte, à deux pas du lac et des élégances du Beau-Rivage ? Quand je lui ai dit que l'abbé Maurice Zundel, que le monde entier considérait comme un inspiré et un saint, avait habité l'étage même où elle se trouvait à la Pensée et que j'étais venu l'y voir, elle l'a aussitôt oublié, comme si plus rien de ce qui n'était pas d'elle, dans cette maison où elle savait qu'elle venait mourir, n'eût à la regarder ou toucher. Ni la sainteté d'un homme qu'un pape honorait de son amitié et qui faisait prier des milliers d'âmes, ni les diverses morts qui se succédaient à tous les étages, – en venant visiter ma mère je croisais souvent un cercueil dans les escaliers, emporté en toute hâte au sous-sol par des infirmières au visage lisse –, ni les vexations même de l'attente et de la dépendance, repas différés ou qu'elle mangeait sans appétit, soins, bruits de visiteurs à l'étage, appels ou cris d'angoisse d'une pensionnaire que la nuit apeure, rien de tout cela ne détournait ma mère d'elle-même, resserrée, concentrée une nouvelle fois pour affronter sa propre faiblesse et accueillir sa mort proche.

Mais se concentrer sur elle-même, c'était aussi s'ouvrir aux siens, ma sœur, mes fils, et se fortifier de la pensée de ceux de Vallorbe, ces Vallotton dont elle tenait sa dignité malgré l'âge de son corps qui devenait minuscule et que tant de peines accablaient. Dignité, c'est le seul mot. A l'extrême fin de sa vie, en janvier, début février 2001, ma sœur inlassablement lui faisait la lecture d'un ouvrage ancien, consacré à sa ville natale et à ses ancêtres gouverneurs, châtelains, notaires, pasteurs, secrétaires de commune, patrons des Forges, je crois qu'elle en tirait la certitude que sa propre vie avait eu un sens : une origine, une histoire, un lieu où se reconnaître sur la terre avant de se fondre dans la mort.

Le dimanche matin qui a précédé sa mort, c'était le 11 février, je l'ai portée dans son fauteuil devant la grande fenêtre où la lumière du jardin annonçait déjà le printemps et je lui ai lu une nouvelle de mon fils Jean. Des larmes coulaient de ses yeux bleus et vides. Puis je l'ai quittée, je l'ai rappelée par téléphone dans l'après-midi, c'est aussi la dernière fois que nous avons parlé. Le soir même elle a eu une attaque, elle a sombré dans une totale inconscience, elle est morte le jeudi 15 à 2 heures du matin. Elle avait quatre-vingt-onze ans.

A-t-elle eu peur de la mort ?

Ma mère a-t-elle eu peur de la mort ? Je ne le crois pas. Quatre ans de cécité, de quasi-immobilité, lui ont permis de se préparer à l'issue. Je crois qu'elle avait mis en place, dans le silence de sa pensée, luttant encore pour ordonner sa mémoire, qu'elle eut prodigieuse toute sa vie et intacte jusqu'à la fin, une cosmologie assez claire où sa place était désignée auprès de Dieu et du Christ. C'était dans l'ordre des choses et du monde, un état simple, absolu, d'une lumineuse évidence.

« Père, je veux que là où je suis, ceux que tu m'as donnés soient aussi avec moi. » Evangile de Jean, 17, 24. Elle avait choisi ce texte pour son faire-part de deuil. Il dit d'elle, au jour de sa mort, tout ce qu'elle n'a pas livré de son vivant.

Elle nous a aimés. Elle m'a aimé. A la fin il semblait qu'un apaisement éclairait nos rencontres : comme une lumière venue de très loin, ou du plus profond d'elle qui s'ouvrait et laissait passer dans sa voix, dans ses gestes, dans son corps devenu infirme, la tendresse qu'elle voulait me montrer.

Mais la mort, la séparation ? Souvent au cours de ces années qu'elle a passées à les attendre, elle m'a dit : « Je voudrais mourir. » Ou encore : « Le chemin est trop long. » Mots de pudeur pour tellement plus que cette immobilité qui la fixait dans son fauteuil, privée de la vue, dépendante, quand son esprit et son cœur voulaient participer, aller, s'informer comme elle avait toujours fait.

L'un de ses travaux d'aveugle : longuement, avant de mourir, elle a dû reconnaître que l'homme qu'elle avait aimé, avait trahi et méprisé son besoin de tendresse, sans doute de sensualité, et le destin auquel elle avait droit.

Et moi je me sentais si inférieur à cette fin. Si indigne de celle qui attendait là, attendant moi aussi qu'elle me dise qu'elle m'avait compris, qu'elle avait approuvé quelquefois mes livres, qu'elle avait aimé quelques-uns de mes visages… Non, je me trompe. Elle m'a aimé. C'est moi, trop sûr de mon imperfection, qui voudrais qu'elle m'admette seul, entier, sans déchets, sans fracture, comme au jour de ma naissance… C'est moi qui me déprécie à son regard. Moi qui m'accuse de l'avoir mal aimée, mal traitée, trop peu liée à ma vie.

Pourquoi n'en ai-je pas fait ma confidente, quand je me confiais à tant d'autres ? Pourquoi ne lui ai-je pas parlé de mon remords de l'avoir moi aussi méprisée, d'avoir craint son jugement sur moi, de l'avoir écartée de la plupart de mes amitiés ? Pourquoi ne l'ai-je pas interrogée davantage sur son enfance, ses parents, ses amitiés d'écolière, sa rencontre avec mon père, l'ambition qu'elle avait pour moi quand elle a exigé, précisément contre mon père, que j'aille faire mon bac à Fribourg, ce qui a changé et orienté toute ma vie ? Pourquoi ne l'ai-je pas questionnée sur l'argent qu'elle avait hérité à la mort de son père ? J'ai fait mine de le mépriser quand elle s'occupait de gérer son héritage avec prudence. Mais là encore, pourquoi ai-je choisi de dénigrer tout argent, jusqu'à me montrer excessivement dépensier, oublieux des échéances, prodigue, insultant à l'endroit de l'épargne, sinon pour défier ma mère, lui faire mal, tenter de la rabaisser et d'atteindre à travers elle la lignée austère et drue qui me faisait honte de ma comédie ?

Quand je me demande si ma mère craignait la mort, je me donne aussitôt la réponse : elle ne redoutait pas la mort. Comme elle a ignoré la peur toute sa vie, sinon celle, cachée en elle mais sensible au témoin que j'étais : ma mère craignait de s'écarter de l'exemple puissant et économe de son père et de son ascendance Vallotton. C'était plus qu'une ligne de conduite, c'était un mode d'être, fondamental, vivant, actif en elle : ne pas démériter des siens, suivre leur exemple, ne pas perdre. De même qu'en toute circonstance elle se souvenait de sa mère, la douce, et modeste, et lumineuse Thérèse Jaillet, qui portait Dieu en elle et nous le donnait au jour le jour dans son humble et absolue bonté.

Mais ce n'est pas là craindre, c'est respecter, c'est aimer. Une forme de fidélité à l'origine, à ce qu'il y a à transmettre, les biens, les mots, l'esprit.

Ma mère ne craignait pas la mort. Et j'admire aujourd'hui qu'un si petit corps, petit visage à la fin crispé par la douleur et le sentiment de tant de faiblesse physique et de solitude, petites mains lisses accrochées au fauteuil ou au drap, petites jambes lisses et sans rides apparues sous la robe de chambre ou la tunique bleue qui faisaient tes yeux, mère, plus bleus et doucement ouverts et fermés sur ton âme, oui je m'étonne qu'un être si faible et humilié ait su résister à l'effroi ou au vertige, à la hantise de la mort au point de l'attendre ou de la nommer clairement devant mon angoisse.

Image de ma mère seule, insupportable destin de séparation de l'être voué au rien. A cette image, au souvenir de la naissance sous la neige de Vallorbe et de ce petit corps crispé au bord de la tombe, je lutte pour ne pas crier : « Dieu, mon Dieu, pourquoi m'as-Tu abandonné ? »

Ma mère aimait les proverbes

Ma mère aimait les proverbes, les fables, les exercices de mémoire en forme d'adages, et la perfection des maximes. Elle y trouvait confirmation de sa propre sagesse et les disait d'une façon enjouée, complice, plaisante, qui m'amusait et m'enseignait.

La forme du proverbe, concentrée, rodée par l'usage en bouche et dans tant de têtes, convenait à son goût du langage utile, imagé et clairvoyant. Lectrice de La Fontaine, elle était contente que beaucoup de ses vers fussent devenus les dictons, sentences, petits axiomes en forme proverbiale qu'elle répétait avec plaisir et si souvent que j'ai pu croire, petit enfant, qu'elle les avait inventés pour sa gouverne et la mienne.

Patience et longueur de temps
Font plus que force ni que rage

me disait-elle quand je m'énervais maladroitement sur un ouvrage. Je m'étais même habitué à la syntaxe ancienne de la phrase que j'entendais là. Je suis certain aujourd'hui que mon plaisir au langage classique provient aussi de ces sentences.

Selon que vous serez puissants ou
misérables

La raison du plus fort est toujours
la meilleure

... Fi du plaisir
Que la crainte peut corrompre

Ou certaines expressions limées comme des galets :

Ils sont trop verts, dit-il, et bons pour
des goujats

Le pavé de l'ours

Grippeminaud le bon apôtre

Si ce n'est toi, c'est donc ton frère

Bon appétit surtout ;
Renards n'en manquent point

Ou dans le léger et grave *Héron* :

L'onde était transparente ainsi
qu'aux plus beaux jours

Ma mère était heureuse par ces lumineux textes, je l'écoute les dire au fond du temps, les réciter, les mimer, en détailler telle inflexion, revenir sur une nuance, un sens, une halte, situer encore une fois la scène vivante, par elle vécue, bientôt par moi, jusqu'à me hanter parfois heure par heure dans ce que je me rappelle et rature.

Qu'est-ce qui nous lie au proverbe, ma mère et moi, au point que j'ai pu jouer à en inventer souvent d'absurdes, pauvres truismes dignes de *Bouvard et Pécuchet*, comme pour conjurer l'émotion où me plonge aussitôt le souvenir de ma mère ?

Mais elle-même, pourquoi cet attachement, je devrais dire cette passion, pour ces petits magmas de rhétorique absolue, de poésie, de figures, de gestes, de comportements saisis dans l'éblouissement de la formule ?

Chez ma mère, d'abord, une sensibilité esthétique ravie de tant de fraîcheur.

Un sentiment moral, aussi bien, qui la faisait adhérer immédiatement à la justesse d'un petit texte bien timbré. Une économie de mots pour un sens long, atavique, héritage sage et pratique.

Je ne pense pas que ma mère ait jamais analysé les raisons qu'elle avait d'aimer si fort les proverbes et les dictons. Elle avait l'intelligence intuitive du texte au moment où elle disait La Fontaine, ou citait toujours à propos les proverbes qu'elle choyait. Ainsi a-t-elle creusé et cultivé la mémoire de son fils. Me donnant le goût de la fable, c'est évident, et le rythme du récit, son phrasé, ses silences, sa finalité bienvenue. Savoir entrer dans le texte, tenir son temps, sa musique de part en part, avec ses *hauts* et ses *bas*, aborder la fin, – finir, l'un des exercices les plus dangereux de l'écriture. En m'y livrant, j'ai l'illusion d'entendre le rire heureux de ma mère qui s'étonne à son plaisir toujours nouveau à lire et à dire les fables. Et je ne dois pas démériter de son exigence, sous peine de la perdre, dans sa voix, ses exclamations, ainsi toute sa force en moi.

Ma mère n'a pas aimé mes romans trop sexuels, trop heurtés, ils disaient ce que je n'aurais pas dû dire (« ce qu'on ne dit pas ») ; leur aveu l'aurait peut-être poussée, si elle ne s'était barricadée contre leur impudeur, à s'avouer elle-même en les reconnaissant. De longues années, la surveillance qu'elle exerçait sur elle-même l'a éloignée de toute une part de ce que j'écrivais. Curieusement, lors du Goncourt, elle a été la première à organiser une grande fête en l'honneur de son fils, parce que l'éclat du prix compensait d'un seul coup les turpitudes des récits passés, la cruauté de *L'Ogre*, la vie qu'avait dû mener leur auteur pour se permettre de tels livres ; sa propre dette aussi, peut-être, à l'endroit de ce fils qu'elle n'avait pas voulu suivre dans les cahots et les batailles.

Mais pas voulu ? Pas pu, pas su ? Peu de temps avant sa mort, ma sœur et moi, comme nous débarrassions l'appartement de l'avenue des Alpes où elle avait vécu près de quarante ans, nous avons trouvé des dizaines de coupures de journaux, articles, documents, photographies, qui avaient dû marquer pour elle la sortie de chacun de mes livres. Elle avait tout gardé, tout relu, avec application et amour. Tout était classé avec ordre, les coupures avec leurs dates, de son écriture, et quelques remarques d'elle en marge.

De son vivant, je savais que je n'infléchirais pas l'attitude de ma mère : elle détesterait toujours mes romans, et je n'en changerais pas une ligne pour lui plaire. Mais je ressentais comme une flagrante injustice, qu'une personne d'un goût si sûr condamnât publiquement ce que je faisais, et de cette condamnation je me délivrais en forçant la note. De même, dans les conversations qui suivaient la publication d'un nouveau livre, en particulier après une émission d'Apostrophes où Bernard Pivot avait ironiquement traité l'un de mes personnages de vieux cochon, ce qui apportait de l'eau au moulin de ma mère, je lui avais manifesté un comportement abrupt, cassant, vite insultant, que je m'étais reproché aussitôt et dont je m'accable aujourd'hui.

Les amies juives

Ma mère a toujours eu des amies juives. Ce fut le cas en particulier à Payerne, pendant la guerre, entre 1939 et 1943, dans une ville où pesait un antisémitisme latent, consensus paysan et petit commerçant : « On sera tous ruinés par les juifs et les francs-maçons. »

Le 16 avril 1942 : crime nazi en plein Payerne. Un marchand de bétail juif, Arthur Bloch, assassiné pour l'exemple par un groupe hitlérien autochtone où s'agitent un pasteur dévoyé, un garagiste et son apprenti, deux frères agriculteurs et leur domestique suisse allemand. Meurtre en plein jour, c'est dire l'arrogance des conjurés, cadavre tronçonné à la hache et démembré dans plusieurs seaux à lait noyés dans un lac proche.

Les coupables sont arrêtés, jugés et condamnés dans les mois qui suivent, procédure accélérée en temps de guerre, mais leur crime a été commis avant Stalingrad et ils clament en plein tribunal leur certitude d'être vengés et dûment récompensés par Hitler avant la fin de l'année 43.

Pointe visible d'un mal latent ? Le brun se porte assez bien sous ces latitudes prudentes.

Contre ces miasmes et lâchetés de plaine basse, ma mère montre son amitié avec une famille juive d'importants commerçants payernois, les Bladt, apparentés à des juifs alsaciens, dont l'enquête de police révélera, après le crime de 42, qu'ils sont sur la liste des prochaines victimes des nazis de la Kommandantur de Payerne. Ainsi que mon propre père qu'ils détestent, animateur et conférencier du Cercle démocratique.

Ma mère ignore évidemment ce que fomente le clan hitlérien. Elle sera pourtant la première à me parler avec netteté de la persécution des juifs, des plans d'extermination, des rafles, et bien avant la fin de la guerre à me révéler l'horreur des camps de concentration. Le sait-elle de ses amis juifs ? A-t-elle perçu à quelques confidences et secrets la terreur qui devait hanter des gens que peu de certitude civique et politique protégeait du sort des juifs français et européens ?

Ma mère fréquente assidûment Alice Bladt, se promène avec elle à son bras, fait ses courses avec elle dans les magasins de Payerne. Mme Bladt, comme nous l'avons toujours appelée, ma sœur et moi, est souvent en visite chez nous. Nos deux maisons sont voisines, un peu en dehors de la ville, dans un quartier de jardins boisés, de demeures anciennes, de villas. Nous allons jouer avec les enfants Bladt, nos aînés, nous nous plaisons beaucoup avec eux. Assez souvent je suis du voyage, quand ma mère et Alice Bladt vont à Lausanne, où elles rencontrent d'autres dames juives de la famille de notre voisine. Payerne-Lausanne : deux heures de train. A la gare de Payerne ma mère me désigne une fois de plus les wagons à bestiaux peints en rougeâtre qui attendent lourdement sur une voie en plein soleil : « Regarde, c'est dans ces wagons complètement fermés que les Allemands emmènent les juifs dans les camps. »

A Lausanne, un après-midi en toute innocence, Mme Bladt, ma mère et moi, nous allons goûter dans une brasserie où se produit un chansonnier au répertoire équivoque. On rit beaucoup de la guerre. On raconte des histoires juives. Je surprends la gêne extrême des deux femmes.

Protestante de pays abrupt, ma mère a peu d'accointance avec l'épaisseur roublarde des payernois, gens de gros bourg gavés de lard et de pieds de porc. Tout le contraire de l'enfance de ma mère : à Vallorbe on vit sobre. « La vie est dure », répète ma grand-mère Vallotton. Les vieux huguenots de Vallorbe, les ancêtres de ma mère, portent des prénoms venus en droite ligne de l'Ancien Testament, Jérémie, Abraham, Elie, Isaac. Le peuple juif est leur peuple. Les juifs sont leurs ancêtres immédiats dans la dure foi, l'histoire de cette foi, et dans la Loi de Moïse. A huit ans, je lis les extraits de l'Ancien Testament qu'on me donne à étudier à l'école. A la maison ma mère me les explique et commente. Je suis très frappé par la destruction de Sodome et de Gomorrhe, que j'imagine ressembler au bourg plein de rumeurs et de complots où je vis avec mes parents. L'assassinat d'Arthur Bloch a aggravé les saletés qui rampent, suintent, sourdent, éclatent avant le procès des nazis.

A Payerne, ville coupable, Jean Bladt et beaucoup de notables payernois assistent aux soirées et aux bals du Cercle démocratique. Ils savent et ils ne savent pas que le Dr Goebbels ricane dans l'ombre autour du vieil hôtel bonapartiste où ont lieu ces agapes.

Après la guerre et la mort prématurée de Jean Bladt, ma mère et Alice se retrouvent à Lausanne, avenue des Alpes, où habitent de nombreux juifs, c'est le quartier de la Synagogue. La plupart des amies de ma mère sont juives. Mme Bladt et plusieurs de ses parents fréquenteront ma mère toute sa vie. Alice Bladt est morte avant elle, ma mère en a parlé jusqu'à sa propre fin. Je revois parfois ses enfants. Ce sont mes aînés, nous nous regardons avec affection en sachant ces choses.

L'attirance de ma mère pour les juifs. Les quelques pasteurs intelligents que j'ai connus enseignaient la filiation : nous venons des Hébreux. Notre foi nous arrive en droite ligne des prophètes de l'Ancien Testament. Toute la Bible le dit. Je suis l'enfant de Moïse, d'Abraham, d'Isaïe, comme je suis celui du Christ, de Jean et de Paul. Ma mère le savait et le vivait.

De plus, des juifs, elle admirait le sens de l'économie et des affaires, qu'elle associait à celui de son père, et des Vallotton pères de son père.

Je suppose aussi qu'une affinité plus secrète la liait à eux. Comme eux, par la conduite de mon père et certaine indifférence méprisante de ses beaux-parents, elle se reconnaissait elle-même méprisée et séparée. D'où son attrait pour la communauté israélite, à Payerne, à Lausanne, et les amies qu'elle s'y était faites. Se retrouvant avec elles comme dans une famille vaillante et tenace au-devant de la menace, de l'injure, de la mort.

Je ne ferai pas de ma mère la Résistante qu'elle n'était pas. Encore moins un exemple unique, un témoin avancé en terre louche. Il n'en est pas moins vrai, dans un pays où peu de temps avant la guerre une ligue s'évertuait, c'est un exemple parmi d'autres, à faire interdire la pratique du barreau aux avocats israélites, qu'il fallait pas mal de trempe à l'épouse d'un directeur de collège, dans une ville raciste et goguenarde, pour afficher son indépendance et ses amitiés sans un instant d'hésitation. Elle avait trop de fière modestie pour prendre la tête d'aucun mouvement. Sa tête à elle, exacte, lucide, elle l'a conservée jusqu'au bout. J'imagine et je sais, dans le fond de son cœur, dans quel mépris elle tenait ceux qui n'avaient pas su garder la leur un peu plus droite sur leurs épaules, aux temps pas si lointains où toute une frange de beaux esprits, aujourd'hui donneurs de leçons, lorgnaient de l'autre côté du Rhin pour voir comment l'Histoire tournait.

Un souvenir de Brinville

Ma mère avec moi chez Marcel Arland… Mais non. En été 1966, je passe quelques semaines chez les Arland, à Brinville, je suis souvent seul avec Janine et Marcel, le couple se dispute, Arland fait des scènes, menace de se suicider, un après-midi il prétend sauter de la fenêtre de sa chambre. Outre les conversations que nous avons le matin, dans les hautes herbes du jardin, sous les arbres, dans les allées de gravier où Marcel me parle de la nouvelle, de ses récits, et des difficultés croissantes qu'il a à déjouer, à la N.R.F., les ruses et les tactiques de Paulhan, je comprends bientôt que son humeur sombre est due en grande partie au remords qu'il a de sa conduite à l'égard de sa mère, âgée de plus de quatre-vingt-dix ans et qui vit seule à Langres, assez difficilement, sans qu'il aille jamais la voir. Veuve dès 1903, Marcel avait quatre ans, abandonnée à sa solitude par un fils qui ne s'occupe que de ses livres, de sa revue, de son ivrognerie et de sa carrière, quand elle mériterait une vieillesse enfin choyée. Arland craint sa mère, et plus encore de souffrir de sa propre ingratitude à son endroit. Toute sa vie, devant la vie de sa mère, il s'est accablé de son veuvage, de sa fragilité, des sacrifices qu'elle a faits pour les élever, son frère et lui, maintenant la vieille femme est malade, peut-être mourante, et Marcel s'accuse de passer l'été à raturer, à s'épancher auprès d'amis jeunes, à s'ivrogner, à refuser d'atteindre sa mère par téléphone en sachant qu'il ne supportera pas sa vieille voix, ni ses questions, ni de lui parler à prudente distance, lâchement, et si chichement, plutôt que d'aller l'embrasser dans la solitude qu'il sait trop.

Un matin qu'il a enfin appelé trois fois à Langres, d'abord sa mère n'a pas répondu, ensuite la communication a été interrompue, un malaise, croit Arland, sans aucun doute une attaque, maintenant la mort. Affolé il rappelle, pour s'entendre dire qu'on les attend, lui et la mort, depuis trop longtemps.

Je regarde cet homme souffrir d'aimer sa mère et se torturer du remords, toute sa vie, de lui avoir manqué.

Au même instant je me regarde souffrir de la même faute.

Si ma mère pouvait savoir, me dis-je tout le temps que je reste chez Marcel Arland, qu'il ne se passe pas une minute que je ne pense à elle, à changer de conduite avec elle, à lui manifester mon amour au lieu de la défier et contredire. Enfin à l'entourer, et dès maintenant à la choyer.

Je suis rentré de Brinville sans hâte, un peu effaré par le cirque d'Arland, hanté surtout par le poids de son remords qui me faisait si bien ressentir le mien. Au retour, dans le train qui me ramenait à Lausanne, il y avait eu un long arrêt à Vallorbe et je regardais le cimetière, en bas, dans le val, on le détaille très bien de la voie du chemin de fer. Et je pensais à toutes les tombes des ancêtres de ma mère qui avaient été couchés là dans le bois et la pierre. Je pensais à la naissance de ma mère dans une ferme visible au milieu du vert léger de la vallée. Je pensais à son enfance, à son destin, à notre naissance, et je me promettais d'être moins indigne d'elle jusqu'au jour de notre séparation.

De ma mère jeune, l'odeur

De ma mère jeune, l'odeur. De ma mère, le sourire. De ma mère, les dents. Même aujourd'hui, j'y pense avec précision.

Ton odeur jeune. C'est dans une petite pièce où je dors, derrière la vitre, tout près il y a un jardin noir, des sapins, tu viens me chercher dans mon berceau, tu me prends dans tes bras, tu t'assieds, tu me couches contre toi qui sens si intensément, j'ai tes genoux sous moi, ton ventre, tes reins, maintenant tu me donnes le sein, je sens ta peau chaude, le lait aigre-sucré, ton sein n'est pas gros mais rond, ferme, je sens le bout de ton sein dans ma bouche, je le presse, je le pince de ma petite gencive appliquée, de toute ma force je me colle contre toi qui sens si fort, si bon, je voudrais que tu ne me reposes jamais dans le berceau où tu m'as pris il y a un temps énorme déjà.

J'écris ce souvenir précis, j'y pense très souvent, chaque fois il me poigne d'être séparé de toi, encore une fois je redoute que tu me détaches de toi et me rejettes dans ma vie parmi le bruit et l'absence de toi, comme tu me replaçais dans mon berceau après m'avoir nourri, bercé, choyé et détaché de toi.

A quatre-vingts ans tu m'as avoué, après un contrôle médical : « Le médecin m'a dit que j'avais des seins de jeune fille. »

Toute ma vie j'ai regardé tes seins mais il n'y avait pas de désir en moi. Il y avait quelque chose d'autre. Peut-être la nostalgie du jamais plus, de la séparation, du temps qui efface. Le regret de l'éternité.

Avant, après, je n'ai jamais mordu, simplement pris dans ma bouche les seins d'aucune femme, d'aucune jeune fille, sans me retrouver immédiatement dans la petite chambre près des sapins où je tétais ma mère si jeune dans le temps qui s'interrompait.

Et le sourire, les dents de ma mère. Souriez

enchanteresses de l'imagination, vous qui apparaissez sur le visage de ma mère rayonnante de clarté aimante, souriez et ressemblez à ma mère me souriant lorsque je suis seul et abandonné à l'entrée de l'ombre. Quand la nuit vient, et le dangereux rêve, et l'imagination de ma mort.

Ma mère avait des dents petites, brillantes, bien blanches, qui donnaient par tous les temps un air de santé jeune à son visage et à sa tête. Le cou était rond, les épaules harmonieuses, la taille petite, sans embonpoint. Une vivacité d'être et d'esprit, la chair présente, la réplique prompte, l'intelligence des situations.

C'est vrai que je pensais à toi en prenant dans ma bouche les seins des femmes et des jeunes filles que j'aimais. A toi mère, avec tendresse et reconnaissance. Ce n'était pas une pensée nette, il s'agissait plutôt d'un enveloppement, d'un embrassement, qui s'ajoutait avec douceur à l'embrassement des corps vrais dont j'étais étreint. S'y faisait sentir aussi l'effroyable petite pointe de nostalgie que j'éprouve toujours dans ces instants, ce corps passera, ma mère n'est plus, et moi bientôt ombre errante à étreindre des nuées.

Curieusement je ne pensais pas à toi dans le sexe des filles. Leur sexe ce n'était pas toi. Pas ma mère. C'étaient elles que je fouillais dans leur sexe, chacune d'elles inatteignable, secret indicible tapi en elles, enfoui, lié à l'être ; même leur mort, violente, soudaine, ne l'eût révélé ou trahi. Surtout pas leur mort, devrais-je dire. Et je ne ressentais nul besoin de connaître le secret de ma mère dans l'obscur diffus de mes amantes.

Le secret de ma mère était dans le lien qui s'était établi entre elle et moi dans son ventre avant même que je naisse au monde.

Le secret de ma mère était dans le lien voulu par Dieu entre Lui et moi quand je me constituais en elle. Toujours un psaume m'a saisi de stupeur : « Tu connaissais ma structure lorsque j'ai été formé dans les entrailles de ma mère*. »

Et le cri de Job jeté hors de sa mère dans le monde mauvais : « Pourquoi ne suis-je pas mort au sortir de ma mère ? Pourquoi deux genoux se sont-ils présentés pour me recevoir, des mamelles pour m'allaiter ? Car maintenant je serais couché, je jouirais du repos**. » Comme

* Psaumes 139, 15.
** Job 3, 11-13.

si le seul salut maternel devait me manquer à jamais, printanière cave, caverne première où vivre éternellement suspendu hors du temps, du désordre : du fragment.

A la fin, dans l'étroite chambre de la Pensée, cette toute petite chose qui m'appelle de sa faible voix, presque plus aucun ventre, ni poitrine, dans la jaquette de laine bleue ; plat et creusé, tout amaigri, le pauvre ventre ; fondus les seins ; presque plus d'épaules ; petite silhouette tenue à deux forts bras par deux infirmières, frêle dame aveugle, maigre, encore coquette. A l'entrée de son fils dans sa chambre, sans me voir elle tend la main vers moi pour m'accueillir, et d'un air de reproche, parce que je mets dans sa petite main ridée et toute fripée le bouquet que je viens de faire confectionner rien que pour elle : « Tu t'es encore ruiné », dit-elle de sa vieille voix rajeunie par mon arrivée, souriant de son pauvre sourire à ce blâme un peu théâtral, ancienne convention, ancien réflexe qu'elle joue aujourd'hui, de paysanne économe et austère. Mais déjà le visage s'est éclairé parce qu'elle touche les fleurs qu'elle nomme : « Ah il y a des petites roses, sûrement tes chères orangées, tes préférées, et cinq tulipes fermées, des rameaux de saule avec leurs chatons, toute la tige, et une branche de mélèze… »

O femme aveugle, mère aveugle, je suis sorti de ce minuscule corps détruit qui est le tien. J'ai tiré le lait de la pitié humaine à ce vieil os. J'ai été consolé sur ces genoux de bois cassant. Je suis apparu entre ces cuisses osseuses et parcheminées. O mère. Qui est le plus puni dans cette terrible image de nous, à cet instant, dans ta chambre de la Pensée, ton dernier lieu même pas à toi sur cette terre : toi si proche de ta mort, ou moi qui te survivrai pour revoir à chaque moment ton tendre spectre martyrisé entre la mémoire de ta vie, ton amour de moi, et le néant où tu vas.

Mais le néant, est-ce si sûr ? La communion des saints, peut-être devrais-je bannir ce terme vague. Pourtant j'en ressens physiquement la béance, l'accueil, la suspension dans l'illimité. J'allais dire aussi la musicalité, comme si la musique si crainte et refusée par ma mère dans son grand âge avait paradoxalement envahi tout l'espace inconnaissable, au-delà de la mort et des confins que je puis imaginer dans un règne pur, léger, à la limite de la mémoire encore terrestre et de l'extase absolue.

Si je ne m'en sentais pas trop indigne, je prierais ma mère comme prient les saints du désert : « Ne laisse pas mes ténèbres me gagner, donne-moi d'accueillir ta seule lumière. »

Les leurres

Il semblerait normal que les images futiles du passé se brouillent, s'effacent jusqu'à disparaître, pourtant scènes de collège, de vacances, de promenades, de jeux, d'ennui, je n'oublie rien, ni du plus grisâtre instant, ou du pire, ou du meilleur. Mais souvent ce que je prenais pour vivacité, rondeur, amitié, plaisant bruit quotidien, est devenu confus, même plus digne de l'anecdote amusée.

Ainsi des demoiselles aux peaux mates ou lissées, aux seins divers, aux hanches souples, qui m'ont retenu dans leur couche ou dans la mienne au temps où je trahissais ma mère avec elles, ô fils mauvais. Ma mère à laquelle seule j'eusse dû me vouer,

au lieu de lui tourner le dos dans la salive de ces provisoires et exquis museaux qui se confondent et s'estompent, pardon mère, pauvres de toi et de moi distrait,

au lieu de te tromper dans les bras de ces almées, danse du ventre et suavité lapée comme l'assiette du vorace où me noyer, fils imbécile,

au lieu de m'accorder le misérable privilège de faire comme si je t'oubliais à ressortir de ces pièges charnels tout luisant du miel de hasardeuses ruches,

et oint de flatteuses burettes,

et trempé de parfumées humeurs très loin du port maternel, fils errant qui croit filer sous le vent quand il coule en eau basse, fils idiot, fils déboussolé.

Ah je ne renie rien des vals et collines des délices !

Mais tromperie, errances, leurres ! Ce qui est vengeur, donc moral, c'est que leurs faux-semblants perdent leur goût et gagnent leur place lointaine dans mon souvenir, Dieu est bon, comme se fane l'image sur les anciennes photographies si tôt usées par le temps. Alors que les images de ma mère dans ma mémoire se précisent, s'accentuent comme si j'avais à les retrouver seules, enfin privilégiées, rendues à leur dignité à mesure que je vieillis, et que je retrouve ma mère d'heure en heure, et que j'approche l'âge de sa mort.

J'ai d'elle des images fixées

J'ai d'elle des images fixées hors du temps, icônes banales, fraîches, saisies dans le quotidien, rien ne les altère, aucune fatigue, ni l'oubli. Et rien n'appelle en elle à la sacralisation ou au culte.

Ainsi son image si fréquente dans un bois de Payerne, fin mars ou avril, j'ai quatre ans, elle est penchée sur un parterre d'anémones dans la lumière matinale qui survient entre les arbres. Forêt, refuge, sentiment aigu de l'amour maternel, pourtant de sa perte menaçante.

Ma mère à la même époque, en été, son visage éclairé par le soir, devant l'étang noir où luisent des nénuphars éblouissants.

Ma mère dans la petite chambre aux sapins,

dessinant sur mon cahier un profil de femme indienne dont je veux absolument qu'il soit le sien.

Course d'école à Chevroux, petit lac proche bordé de roseaux, d'herbe jaune, odeur de l'eau, clairière, ma mère plus belle que toutes les autres mères qui accompagnent notre convoi bruyant et maladroit. Dans mon souvenir, autour d'elle, debout, immobile, robe claire, le silence des arbres et de l'herbe où je la vois.

En 1943, ma mère empaquetant ma sœur dans des draps et l'emportant dans une voiture à l'Hôpital de l'enfance à Lausanne, où elle sera sauvée d'une néphrite mortelle que les incapables de Payerne laissaient gagner du terrain.

Montagne. Ses yeux dans l'été, plus gris et bleus que l'air derrière les cimes, la chaîne en feu.

Montagne. Ses jambes ont bruni, brillantes dans l'herbe brillante.

Montagne. A la nuit elle allume la lampe, odeur du pétrole, de la mèche qu'il faut enflammer à l'allumette. Jeux de cartes, d'adresse, sous la lumière rosée. Sourire complice de ma mère quand je perds, je cherche sa main sous la table, je la serre, elle me répond.

Les mains de ma mère. Petites, souvent

agitées devant elle pour mimer, démontrer, convaincre. A la fin toutes tavelées, taches brunes. Même aveugle, ma mère âgée imite et montre, « fait les gestes ».

Les seins de ma mère. Jamais vus. Petits, ronds, fermes, le corsage, la blouse, le bustier leur ont convenu.

La première aréole, c'est ma mère. La première odeur de femme, c'est ma mère.

Le sexe de ma mère. Jamais vu. Imaginé d'après des jeunes filles et des femmes de même taille, même corpulence. Puis-je parler d'absolu secret à propos du sexe de ma mère ? Il s'agirait plutôt d'une fulgurance, nocturne, très claire, et s'empare de moi un vertige cent fois plus abrupt que celui où me précipite invariablement le sexe de l'amante.

Je ne dois pas voir ma mère nue. Je n'en ai ni envie ni crainte. L'amour que j'ai d'elle vit aussi de ce secret, de cette entière discrétion. Mise à part d'ordre religieux, hanté de tendresse et d'appréhension de sa mort.

Je détesterais que l'on voie de l'irrespect dans ce que je viens d'écrire. Le corps de ma mère m'a toujours été admirable et vénéré. De ce qui m'en était simplement montré, j'ai ressenti cette révérence quasi sacrée, j'y insiste, elle tremblera encore dans l'aimantation qu'exerce sur moi la féminité qui se *réserve.*

L'imagination du corps de ma mère. L'irrespect serait dans le mensonge qui consisterait à cacher notre relation dans la vie et dans la mort. Le plus vrai, c'est mon remords de ne pas lui avoir assez manifesté que je l'aimais. Là est ma douleur. Tout ce que l'on peut dire d'elle et de moi, hors de cet amour, et de cette douleur, n'a plus aucune vérité.

La douleur de n'avoir pas dit que je l'aimais à celle que j'aimais, et qui souffrait de mon silence, et de la scandaleuse comédie de mépris et de provocation que je lui ai imposée toute notre vie. Je ne connaîtrai pas le pardon. Ou me le donnera-t-elle, là où elle est, à me voir vieillir dans cette douleur de l'avoir perdue sans aucune rémission ?

Au matin du 9 mai

J'écris ces choses au matin du 9 mai 2006, anniversaire de ma mère. Je viens de parler de son sexe, de ses seins. Ce matin elle aurait quatre-vingt-seize ans. Je l'aime.

J'écris sur ma mère ce matin du 9 mai, jour clair, jour radieux, je me souviens de tous les 9 mai de mon enfance, celui de 1942 en particulier, j'ai huit ans, ma sœur six, la veille au sortir de l'école nous sommes allés choisir un cadeau : une petite boîte rectangulaire en porcelaine blanche ornée d'un filet d'or et de fleurs bleues soulignées de noir. Pour l'accompagner, au jardin de la Maladière, tout au bout de la route de Corcelles, presque en face de notre maison, nous avons cueilli quelques branches d'un pommier du Japon qui vient d'ouvrir ses fleurs roses. Aujourd'hui elle a trente-deux ans. J'aime ma mère.

J'écris sur ma mère dans le matin, je n'ai aucun intérêt pour aucune boîte de porcelaine blanche, ou des rameaux de pommier rose, ou la pièce de deux francs que mon père m'a confiée le dimanche d'avant en repartant pour l'armée : « c'est le cadeau, le cadeau de Maman ». Aucune curiosité de cet objet inutile, une boîte de porcelaine blanche trop exiguë pour qu'on y mette quoi que ce soit, sinon une piécette de monnaie, un timbre-poste qu'on y oubliera, boîte ornée de fleurs sévères, le noir et le bleu y seraient plutôt tristes et conviendraient dans mon souvenir au poids de la guerre qui menace, ô fleurs singulières d'être liées au souvenir de l'anniversaire de Maman ce matin de mai si ancien, inoubliable, il me crève le cœur chaque année.

J'écoute les oiseaux de ce matin-là si pareils à ceux d'aujourd'hui, l'air léger, sonore, immense cave claire parmi le ciel superbe sur les prairies, le jardin, la route blanche et cette brise, cette légère musique venteuse par-dessus les collines, les forêts, les vallons, la maison, tout le paysage, encore une fois l'enfance et la jeunesse de ma mère dont le visage brille devant moi dans ce matin où j'écris sur son anniversaire et sa mort.

Aucune curiosité, ni intérêt, ni passion de collectionneur de souvenirs pour me rappeler quelques pâles cadeaux, naïves offrandes, pauvres lambeaux de mémoire par-dessus l'épaisseur et la tristesse du vieux temps malade, temps rongé, néanmoins si lumineux et tendre de toute cette clarté qui disparaîtra avec moi.

Pour l'heure, en moi, temps printanier puisque aucune bassesse, ni mesquinerie, ni envie, jamais n'érodera, ne détruira, ne fera taire un tel dialogue.

Pour l'heure comme à chaque aube du 9 mai, légèreté affinée de l'air, élévation de l'être revenu des fissures, des chutes, des haltes lourdes. Pas de nostalgie voulue ou entretenue par le culte des souvenirs, aucun goût pour les collections de trophées enfantins, la glane des menus présents offerts un matin de printemps en pleine guerre par un frère et une sœur qu'effraie et cloue sur place la tendresse de leur mère, ô immortelle, ô mère jeune !

Chaque matin du 9 mai, plus tard, longtemps, je t'apportais des lilas blancs, parfois j'y ajoutais des grappes mauves, il me semblait que la blancheur disait mieux la solennité tendre et unique de ce jour. Touffeur et acuité de la grappe blanche qui dit : je ne perds rien de l'instant, ni de l'embrassade matinale, ni de ce jour singulier ô mère, lilas blanc, lampe qui éclaire dans la lumière matinale, neige printanière à la fenêtre de la chambre où tu nais. Tourbillons de neige sur l'air blanc. Mémoire vraie : images, amour de ma mère. Et l'extrême parfum du bouquet de jardin nocturne que je t'offre dans l'aube, odeur venue de la terre humide, de l'air noir autour des arbres, des feuilles fraîches, des centaines de minuscules fleurs serrées en grappe que tu respires, plongeant ton visage dans l'odeur et chaque fois tu dis : « c'est comme dans le jardin de ma grand-mère à Vallorbe ».

Boîte en porcelaine trop petite et inutile, ornée de maladroits motifs peints à la main d'une couleur austère, le couvercle fait un bruit mat quand on le referme, on n'y cache rien, nulle pièce de monnaie ou timbre-poste ou petite photo de passeport, c'est la guerre, les passeports ne servent plus à rien, ils n'ont pas été renouvelés ou ils sont annulés d'office et il fait peur le Japon de tes pommiers, dans *L'Illustré* chaque semaine on regarde les photos de l'armée d'Hiro-Hito ami du Reich qui s'apprête à intervenir, ah c'est la guerre, on n'ose même pas en parler et il y a dans cette matinée belle et fraîche ton clair pommier japonais. Discrètes, luisantes fleurs rosées et roses au liseré rouge que chérit ma mère, on t'en a cueilli trois ou quatre branches, au jardin des Bosset de la Maladière, ils te disent bon anniversaire eux aussi mais c'est nous qui t'aimons le plus, Marianne, moi, parce que nous sommes *tes enfants que tu aimes*, Maman.

Inutile petite boîte en porcelaine blanche avec ses motifs bleus et noirs un peu éteints.

Légère branche de pommier aux corolles rougies et roses, l'empereur Hiro-Hito est un dieu, il règne sur l'empire du Soleil levant, ses officiers ont juré la destruction de l'Amérique.

Pommier, pommier aimé de ma mère, né sur les contreforts du Fuji-Yama, ce petit arbre a été importé en Europe il y a douze millions d'années, il résiste à des températures basses, même au gel.

L'été s'installe à Ropraz, petite maman, les arbres que tu aimes ont mis leurs feuilles, l'érable vert, le bouleau, le noisetier, l'érable rouge, tes oiseaux sillonnent l'air, les chats que tu aimes, témoins de ma peine, font halte sur la terrasse. Oui, c'est l'été, dans quelques jours l'odeur extravagante et discrète du lilas cédera au thym, au petit œillet qui frappe plus fort, il y aura cette vibration sous le vent déjà chaud, comme un tremblement qui secouera le sol, l'herbe, les plantes, nous les sentirons toi et moi bouger et se secouer et vibrer tout le jour, et tard dans nos sommeils nous nous souviendrons de leur puissante fraîcheur à nous deux perceptibles dans le noir. Mère tu m'habites. Où es-tu dans ta mort, ce matin ? O mère où écoutes-tu ces mots que j'écris en toi, comme si nous ne faisions qu'un dans cette aube, pourtant je sais que tu es morte et que cet étrange mot, l'au-delà, s'est alourdi et éclairé depuis que tu y vis ta nouvelle vie si loin et si près de moi.

Le chant d'un merle

Le chant d'un merle dans le soir de mai est éprouvant pour qui souffre de l'absence de sa mère et demande pardon de lui avoir manqué toute sa vie.

Le merle est un oiseau banal sous nos latitudes, fréquent aux jardins, forêts, haies, parcs, on le remarquerait peu si son chant à l'aube, et longtemps à la tombée de la nuit, n'avait à dire des choses graves, mélancoliques, comme aucun autre oiseau n'en donnera dans nos bocages.

Son chant s'exprime sur un tempo lent, très calme, où chaque trille ou roulement se détache en phrases articulées, liées, très mélodieuses et douces, dont le sens est clairement déchiffrable au fils qui l'écoute avec l'attention souffrante de celui qui a blessé sa mère.

Ingrat, dit ce chant. Trop tard, dit ce chant. Tu devais l'aimer de son vivant. La choyer de son vivant !

Habitation, dit ce chant. Tu seras en perpétuelle mémoire et hantise de ta mère, sachant qu'il ne passera pas un jour, après sa mort, qu'elle ne t'appelle ou te parle.

Le chant de l'oiseau glisse, se déroule, fait halte, module encore le reproche que je connais tant.

Imbécile, dit ce chant. Maintenant ta mère est morte et toi tu révères des cendres. Maudit. Cent fois maudit. Tu es celui qui survient après le deuil, te battant la coulpe et pleurant.

Longtemps l'oiseau parle dans l'ombre, cave nocturne, fraîche, sonore, aux limites insondables, sa voix trouve en moi les lieux où je souffre et pleure et me fais le même procès, trop tard, trop tard. Voix de l'oiseau qui insiste, oiseau tenace à me fouiller, petit actuaire emplumé de mes manquements et de mes torts. Ce que je n'ai pas su dire. Ce que j'ai dit de trop. Ce que je devais faire, *avant*, pour mériter l'amour de ma mère.

Des sons flûtés que l'oiseau module en phrases

calmes, au rythme lent, au timbre pur, la voix chante, corde tendre, musique tenue, un pleur soudain rompt l'harmonie, dénoue l'accord, se défait en larmes.

Ainsi ta chère voix, mère, ainsi ton reproche en moi. Le chant d'un merle dans le soir de mai, et tout répit, et toute grâce, me sont ôtés à l'instant.

L'implicite

Ce que je cache à ma mère, au temps de mon adolescence proche du lac, ce sont des plaisirs solitaires et l'écriture de nombreux poèmes. Au même instant je sais qu'elle sait tout, le plaisir stupéfait et l'incroyable joie de la découverte de l'écriture, et nous venons d'entrer elle et moi dans un étonnant jeu de réserve, de non-dit, de non-vu, comme s'il fallait taire les choses du corps et l'exaltation de l'esprit pour continuer à vivre ensemble et à faire ce qui est dans l'ordre.

L'ordre c'est le collège, le latin, le français, cela c'est l'ouvert, l'avéré, l'aspect public, le montré.

Le désordre c'est le corps, le rêve, l'élégie, bientôt l'amour et le désir de Nicole dans laquelle vont se fondre stupeur charnelle et poésie.

Mais comme dans la peinture de Vallotton, dont on porte les gènes et l'origine, sous l'aspect lisse, les aplats policés, voulus, tenus par le souvenir de l'austère morale calviniste, sous cette moire si ordonnée il y a le trouble charnel, le violent désir dans la forme, le désordre sous la surveillance.

Nous le savons, nous le vivons ma mère et moi sans jamais le nommer, ni même furtivement l'évoquer. Scandale tu. Et de ce silence naît une étrange complicité, – ma mère m'est reconnaissante de me taire sur un trouble dont l'aveu lui serait insupportable, je lui suis reconnaissant de ne pas me contraindre à lui avouer mes turpitudes. Elle les connaît, je sais qu'elle sait, tout est bien.

En fait c'est le triomphe de l'implicite, si puissant censeur et rongeur de cœurs, en pays réformé et calviniste. Mais sous la surface le feu, la violence contenue. Ou les mauvais chemins. Le gouffre qui bée. La peinture de Vallotton ne contiendrait pas sa terrible charge explosive si le peintre n'avait été bridé, contrarié, par la main de fer de la Réforme.

Il me semble que je l'ai toujours su, à me

laisser fasciner par l'autoportrait du peintre très jeune au Musée de Lausanne, dans l'improbable palais vénitien qu'un mécène fou y a édifié comme une antiphrase au carcan : un Vallotton adolescent, front buté, regard lourd de secrets verrouillés, puis ses parents qui ont parfaitement la tête sévère de mes arrière-grands-parents de Vallorbe. Plus tard les premiers paysages à la sensualité surveillée et dominée comme celle de ma mère, plus tard encore le corps des femmes, partout, toujours, dans des jardins, sur des rivages, dans leur boudoir, dos en aplats, miroirs lisses sur fesses larges, ventre luisant, marbre poli sur incendie, nus de voyeur, de rôdeur cravaté de force, vrai satyre de l'implicite.

Ces heures aussi que je passe seul au Musée, je les cache soigneusement à ma mère. Pour ne pas partager avec elle une émotion qui nous lierait, nous obligerait à nous expliquer, donc à nous montrer l'un à l'autre, tourment pire.

Comment faire aller l'une avec l'autre deux natures si peu contraires et si complices ? Je ressemble à ma mère, elle me ressemble, elle refuse cette ressemblance, en elle et pour elle d'abord, – ensuite elle fait passer ce refus dans notre rapport. Elle, que je sais si expansive, en même temps si réservée. Que je sens si proche, si semblable à moi. Et moi buté dans mon regret de cette réserve, bientôt un reproche, l'injure aux lèvres. Comme dans les peintures de Vallotton, l'ardeur du feu, la tendresse, la sensualité contraintes, retenues et ordonnées par une forme stricte, qui croit les nier au moment qu'elle les révèle.

Chat et langue

J'ai quatorze ans, ma sœur douze. Un tout jeune chat nous a été donné par une camarade d'école de ma sœur. Un petit animal noir, gracieux, une tache blanche au cou, il joue, miaule, réclame ma mère d'arbre en arbre dans le grand jardin de Pully. Nous l'avons appelé Fitoupi, du nom d'un petit génie des alpes dont nous lisons les contes cet été-là.

Un matin, pas de Fitoupi. Nous le hélons, le cherchons, enfin on regarde sur la route d'en bas : chat broyé. Corps inerte, froid, on rapporte le cadavre au jardin, larmes, enterrement de Fitoupi au pied d'un abricotier, longtemps la petite tombe se dresse, croix de bois taillé au canif, couronne de cailloux du lac, bouquet d'œillets renouvelé, petite carcasse dans la terre, silex poli, vent du large, frères le temps est court.

Et pourquoi ce chat, pourquoi maintenant ? Quelques événements prennent de l'importance dans ma mémoire, à la mesure de l'émotion qu'ils ont suscitée chez celle que j'aimais. Ma mère aimait ce chat. A sa mort elle l'a pleuré. Elle l'a enterré avec nous. La déchirante élégie joue sa plainte dans la mort d'une petite bête chérie de celle que j'ai chérie plus que tout être en ce monde. Mort d'un chat, deuil de ma mère, plainte perdue, temps enfoui, brume de lumière traversée par des traces silencieuses, un feu noir, bête qui luit, puis, me retrouvant, le visage de ma mère et ses reflets en écho mouvant et blessé.

— Chat perdu, disait ma mère longtemps après cet enterrement. Un chat, un chat, on n'en reprendra pas.

Elle, toujours, lisant La Fontaine :

C'était un chat vivant comme un dévot ermite,
Un chat faisant la chattemite,
Un saint homme de chat,
bien fourré, gros et gras,
Arbitre expert sur tous les cas.

Je l'entends réciter, détaillant les mots, insistant sur les sonorités, les allitérations, l'assonance, et mettant en valeur la scène.

Ou déclarant d'un prix trop élevé, d'une chose trop cher payée : c'est le lard du chat.

« Le lard du chat », j'ai beau chercher, essayer de me souvenir, ma mère était la seule à se servir de cette expression.

Chat, chatte, langue au chat, une fois de plus je prends conscience avec une anxiété aiguë que tout ce que je parle vient de ma mère. Tout ce que j'entends de la langue au fond de moi. Anxieux parce que je ne paierai jamais ma dette à celle qui m'a donné cette langue. Comme si dans le secret du corps, dans le crâne, dans la bouche, les mots que je dis, les phrases que je fais, les expressions dont j'use, tout, toujours me venait d'elle, langue d'origine, charnelle, langue de fibre, d'ossature, de lait, de ventre, de salive, de larmes, langue première, langue maternelle.

Là-dessus, bien après, la langue de mon père. Langue savante. Celle des étymologistes, du latin, de la grammaire, langue de l'histoire, langue apprise.

Ce que je sens : langue de ma mère. Ce que je sais : langue de mon père.

Et portant en moi cette histoire particulière de la langue très intime et quotidienne. La langue de ma mère, origine et Moyen Age sensitif et imagé, pétrissant le mot de chair et de lait, d'odeurs et de primitives saveurs. Puis la langue paternelle d'âge moderne, formatrice et plus autoritaire avec sa science d'elle-même, sa forme, ses codes et ses livres à écrire. Les fabliaux et Malherbe. L'expressivité médiévale et la règle. J'aime imaginer cette réunion, un instant fantastique, de mes parents dans *ma* langue.

Les figues

L'été 1950, nous l'avons passé entre Antibes et Juan-les-Pins, dans une pension à l'ancienne dont le jardin touffu et sauvage donnait par un petit chemin sur la mer. Au jardin de la Pension du Rivage et des Pins, cet été-là, nous avons mangé beaucoup de figues que nous cueillions sans cesse à l'arbre.

Fin août, de retour à Pully, ma mère a planté quatre petits figuiers que nous rapportions de la pension, cadeau d'adieu. Notre jardin poussait sur les alluvions du lac, les arbustes se sont bien enracinés. Très bon fond. L'an suivant, dès fin juillet, les quatre figuiers ont donné une première récolte que ma mère nous a offerte avec fierté. Et ainsi toutes les années que nous avons vécues à Pully.

Aujourd'hui, malgré l'apparentement amoureux et populaire de la figue sur le pourtour de la Méditerranée et parfois jusque sur mes terres, j'associe premièrement ce fruit à ma mère, grains et chair roses, en cercles rougeâtres dans odeur douce, de lait un peu écœurant, profond, caché, de suc d'écorce ferme et qui cède sous la dent et la langue, avec la cloche du bateau de cinq heures du soir sur le lac et le terreau surchauffé dont le noir monte dans le feuillage fin.

Ma mère et un fruit vénusien. Accord contre nature, même si je sais que c'est la transplantation des quatre arbustes venus du sud qui suscite tout d'abord l'association. Le fruit à la pulpe amoureuse vient après, en quoi il serait l'enfant de ma mère, son produit, plutôt que l'image ou le double. Fruit enfant de ma mère, mon frère, mon jumeau, vraie parenté en tout cas avec mon goût de telle autre pulpe plus secrète.

Ma mère avait le génie de la ressemblance. Partout où elle allait, en promenade, en vacances, à l'hôtel ou faisant ses courses, elle associait les gens qu'elle rencontrait à des animaux, des écrivains, des hommes politiques ou des personnages de la Bible. Un surnom tout de suite était trouvé, le plus souvent d'une assez curieuse convenance, ce jeu agrandissait la journée, ou le séjour, en créant des échos, des appels, des correspondances qui déplaçaient les limites.

C'est ce qu'elle a fait en transplantant l'érotique arbre au jardin de Pully. Lui donnant, presque malgré elle, le visage auquel il ressemblait et nous le révélant plus riche, plus voluptueux et ramifié depuis que nous vivions avec lui. L'ouvrant au suc rêveur de la figue, à la chair rose, écumeuse dans son enveloppe d'ombre, devant le miroir d'eau du lac. Nouvelle ressemblance, si abouchée au rêve de son fils, comme une image qui lui échappe, à elle, la mère, mais elle doit la manifester en signe de l'accord pas encore perdu.

Nicole

Au début ma mère est contente de cette fréquentation. Fille d'un juge d'instruction, famille de notables, grand-père pasteur redouté, intraitable, auteur d'un catéchisme qui marquera trois générations, Nicole lui apparaît proche de sa fibre.

Nicole est brune, pas très grande, hâlée, déliée, lacustre. Nage, plonge, dessine, elle est élève aux Beaux-Arts, elle vient de Vevey, ville volontiers aquatique, ce qui inquiéterait un peu ma mère, qui ne se sent bien que sur le sol. Nicole elle-même est riveraine, marche des heures le long du lac, s'y rafraîchit, plonge même l'hiver.

Les premiers mois ma mère l'aime, puis elle

sent sa marque sur moi, l'emprise de son corps, de son odeur, à mon tour je plonge dans Nicole, je m'immerge en elle comme elle-même nage dans l'eau du lac. Toutes choses horribles à ma mère, ce corps, ce sexe ouverts à son fils, houle et onde, flux, mouvement dans l'immersion, nage dans les plis de l'eau et du rêve, ma mère qui ne nage pas, qui craint l'eau, la noyade, et le rêve qui égare.

L'écume, l'humide, le dilaté, contre le sol dense, mesurable. Nicole liquide, mère solide.

Il y a aussi que ma mère est parfaitement pudique, du règne du vêtu, du caché, du secret, et qu'elle perçoit dans Nicole celui de la nudité et de l'instinct.

Comment les choses se passent, j'ai seize ans, Nicole dix-sept, deux années de passion, mais Fribourg, des haltes, de ma part un détachement absurde comme une lâcheté. Là aussi, j'ai *manqué*. L'étrangeté c'est qu'en perdant l'amour de Nicole, j'étais sûr de peiner ma mère qui devait avoir compris, au-delà de l'effusion des corps, la possibilité d'une espèce de rédemption, ou d'assistance, de certitude, pour un fils tenté par trop de désordre. Privé de Nicole, pour ma mère, je me retrouve en proie au démon. Et quel est ce monstre qui guette ? C'est l'errance, la rôderie, le maraudage de trop de vergers qu'elle ne contrôlera, ne connaît même pas. Mais elle les imagine divers, et dangereux, pires que la planche pourrie des *Pensées* que dénonçait Francis Ponge, autre protestant dilaté et contrarié.

La crainte de la musique

Ma mère craignait la musique. Elle avait une jolie voix, douce, posée, elle chantait bien, dans mon enfance elle reprenait les refrains que j'aimais, j'ai le son de sa voix dans l'oreille quand elle chantait les vieux airs mélancoliques de Botrel, les premiers Charles Trenet, des chansons comme des récits tristes ou des airs à la mode. Une chanson qu'elle aimait beaucoup et que je l'ai entendue entonner des centaines de fois :

J'ai descendu dans mon jardin
Pour y cueillir du romarin

Encore aujourd'hui me poignent l'âme cette simplicité de paroles, certaine clarté fine du lieu, du ton, et la voix de ma mère accordée à ce bonheur élémentaire.

Mais avec l'âge lui était venue une sensibilité exaspérée aux sons, accords, harmonies des morceaux que j'aurais voulu lui faire écouter, elle les refusait avec anxiété, souffrant trop, et d'une souffrance que j'imagine aiguë, tenace, désespérée, quand je la compare à la mienne aux mêmes morceaux, aux mêmes œuvres.

Mère affaiblie, âgée, au corps rapetissé, amaigri, aux yeux qui perdent la vue. Et l'émotion si vulnérable, aucun moyen de résister, dans l'instant, à des airs, des pans entiers de sa vie qu'ils rapportent mélancoliquement, tout ce non-dit de la musique, de jamais explicite, de suggéré nerveusement, de cordes qui se mettent à trembler, de défenses qui sautent, de secrets, de regrets qui remontent à la surface et font le bruit du désastre là où l'on attendait le répit. Oui, de désastre, comme une misérable défaite du cœur, de la mémoire, de la volonté. Et terriblement saisie par les sons qui auraient dû la combler ; et de force plongée, ma mère, alors, dans un accès d'intense tristesse qui me laissait désarmé, sans moyen de l'aider, sans recours aucun contre une si obscure, une si évidente hantise.

Donc, à la fin de sa vie, ma mère redoutait la musique et la refusait. Que pouvons-nous, même tellement plus forts et armés que cette vieille femme, contre l'accord, l'harmonie, ou le désaccord, la violence des sons qui d'un coup pénètrent notre âme, notre cœur, notre corps et nous envahissent, faisant fi de notre vigueur ou d'une quelconque résistance jusqu'au tremblement, à la douleur, à l'effondrement de notre volonté et de notre savoir. La musique violemment qui nous possède et nous réduit à sa plainte. Qui fait tomber toutes nos défenses. Schumann, Schubert. Frères dans la plaie d'être, de perdre, de renoncer, de mourir. Danse des vivants bien-aimés dans notre cœur dansant et mourant.

A Féchy, où elle tentait de se reposer après une opération dans une maison tenue par des religieuses, un après-midi qu'elle patientait dans le hall avec quelques convalescentes, je m'étais assis au piano et j'avais commencé à jouer une chanson d'enfance, je ne sais plus laquelle. L'effet sur ma mère fut tel, spasmes, larmes, tout le petit corps secoué des pieds aux épaules, plainte qui s'étranglait, étouffait en courts sanglots hoquetants. Je refermai le piano en m'accablant de ma folie, et poussai honteusement la chaise roulante jusqu'au beau jardin pour essayer de l'apaiser.

Une autre fois, comme elle arrivait à Ropraz, un disque tournait sur l'électrophone, une cantate ou du violoncelle, je ne sais plus, elle s'était assise en pleine lumière, et un assez long moment elle s'était contrainte à écouter. Je n'osais pas la regarder, connaissant son anxiété à toute belle mélodie, enfin je me fis violence et je m'assis en face d'elle. Des larmes trempaient son visage. Des larmes silencieuses, de tristesse absolue, son corps prostré, ses traits douloureusement tirés.

Je réfléchissais sur le pouvoir de la musique, tellement lié à l'exploration immédiate de l'abîme pour quelques êtres. Musique liée à l'élégie, au souvenir de la perte, à la faute, aux errements loin de soi et loin de Dieu. Musique toujours qui me fait toucher le fond, et m'accablant moi aussi, me prostrant dans mon imperfection, qui me fait passer par la douleur peut-être pour me transfigurer. Ou me permettre, au terme de son chemin de douleur, d'accéder à une autre hauteur de moi-même où je me reconnaîtrai dans moins d'erreur. Pour l'heure musique liée à tout instant au requiem, au chant funèbre à chaque seconde, air de cuivres, de cordes plaintives, de percussions sourdes dans l'air d'octobre où descend le soleil fané. O larmes de ma mère dans l'air d'octobre. O pleurs, revoir au bord de la tombe qu'elle n'aura pas, disparition, adieu dans l'atmosphère qui a fraîchi, la voix hésite, la vue faiblit, la main de la mort tire la main de la vivante à l'ombre déjà du jamais plus.

Ich habe genug, je me souviens, c'était la cantate de Bach et ma mère écoutait en pleurant.

Quand elle est devenue aveugle, comme sa solitude devenait trop grande, je me reproche de lui avoir proposé de lui acheter un poste de radio, et plus maladroitement, des disques. « Non », a-t-elle dit avec douceur. Puis dans un soupir anxieux elle a répété de façon presque imperceptible : « Non. Non… » Et dans sa voix, dans tout son corps, il y avait de la peur.

L'absolue solitude

Maintenant c'est l'absolue solitude.

Elle a tout dit, tout supporté, tout donné. Elle est réduite à sa dernière forme humaine, cette pauvre chair abandonnée entre ce qui est encore de la vie et ce qui est déjà de la mort. Vie infime, où se tient pourtant le monde réduit à son infime taille. Tout est dit. Mon temps est usé. Et vous, ce que vous auriez pu me dire encore, et toi, mon fils, ce que tu me devais, maintenant il est trop tard, il est trop tard à jamais.

Cette taille si petite, si réduite, où se tait (où j'écoute sous le silence) ce qui a été vécu, dit, regretté.

Plus que ce corps minuscule, émacié, supplicié, le silence de ce corps encore de *mon* temps devant tout le temps de la mort.

Longtemps j'ai eu le temps. Nous l'avions. Nous ne l'avons plus. O mère comment veux-tu que je te dise : « maintenant tu peux partir » ? Mais je le dis. « Maintenant tu peux partir. Va en paix, mère aimée. » Et le sentiment de l'irréparable creuse en moi la ravine avec laquelle je sais que je devrai vivre désormais.

L'irréparable.

J'imagine, l'affreux mot, qu'il traverse le meurtrier au moment du meurtre. Ou qu'il fouaille leur auteur à l'instant des actes les pires.

Moi aussi j'ai commis l'irréparable. Je n'ai pas étreint à temps ce pauvre corps, je n'ai pas réconforté cette âme souffrante lorsque j'en avais le pouvoir, j'ai préféré mon confort, qui était distraction du seul amour.

Toi, mon Dieu, si tu as pitié de ta créature, aime ma mère là où elle est. Dieu aime-la. Protège-la. Donne-lui ce que je ne lui ai pas donné. Et s'il te reste quelque pitié, Dieu, pour l'ingrat misérable qui écrit ces mots pleins de larmes et de fissures, pardonne-moi ma très grande pingrerie d'amour en donnant à ma mère, de ma part, où qu'elle soit, et qu'elle le sache, ce que je ne lui ai pas donné tout le temps que tu nous avais accordé l'un avec l'autre, et dont j'ai si mal usé.

Ma mère avait cinquante-sept ans

Ma mère avait cinquante-sept ans quand j'ai lu le livre de Georges Bataille, *Ma mère*, à la fin des années soixante : je l'ai violemment rejeté. En même temps une fascination stylistique m'aimantait dans ce vertige. Comme on injurie Dieu, injurier sa propre mère. Aveu d'une pression retournée vers le pire, la débauche, l'abjection. Comme si Bataille insultait sa mère inatteignable, et mortelle, de n'être plus, évidemment de n'avoir jamais été, la totalité dont il avait été arraché en naissant. Dès lors *Ma mère*, scènes d'une passion *à rebours*, livre-attrait, livre-rejet, sa lecture affûte en moi une effrayante et absurde comparaison avec ma propre mère, quand bien même je vois avec netteté qu'à aucun moment de notre relation, ou lorsqu'elle s'est remariée, ou plus tard, après le deuil de son second mari, lorsqu'elle s'est laissé courtiser par tel prétendant d'ailleurs vite éconduit, je n'ai jamais pu imaginer quelque débauche, perversion, vice ou violente insulte religieuse de la part de cette femme claire.

Ma mère encore, de Richard Ford, fut une halte assez bonne. Là où Bataille salit son impossible mère comme il vomit Dieu impossible, Richard Ford fait le récit sans drame, presque sans secret, de l'amour d'une mère et de son fils. J'ai envié ce livre, sa chance d'être vrai sans la crispation que je ressens inévitable et aiguë, tenace, quand on parle d'une mère devant moi. Et plus encore de la mienne. A la fin de ma lecture je revenais toujours sur un aveu de Richard Ford qui me faisait beaucoup de bien et beaucoup de mal : « Nous n'avons jamais été liés par la culpabilité ni par la gêne, ni même par le devoir. L'amour englobait tout. »

Comme j'ai envié Richard Ford ! Il est mon cadet de dix ans mais sa mère, Edna Ford, était née en 1910. Même année que ma mère. Ce qui me faisait réunir les deux femmes à la façon de deux sœurs et m'apparentait curieusement à ce Ford dont j'aime les livres, mais que je ne rencontrerai sans doute jamais. J'en ai éprouvé une nostalgie pareille à celle que je ressens à avoir manqué une fête où je sais pourtant que rien ni personne ne m'attendait. Ou celle de ces films pas vus, il me semble que j'y ai perdu une part qui me revenait de droit. Là je rejoins l'amour de ma mère, tout au fond c'est à elle que je pense quand je suis écarté, ou plutôt quand je m'écarte moi-même de ce qui devrait être mien. Ainsi je me suis privé de ma mère en prenant tant de distance, le voulant, ne le voulant pas, avec l'être que j'ai aimé le plus longtemps en ce monde.

Un troisième livre qui m'a saisi et que je ne relis pas sans souffrir dans la sympathie des fils ingrats, c'est *Le Livre de ma mère*, le tombeau qu'Albert Cohen offre à la sienne. Je n'ai pas fini d'aller lui apporter les fleurs que je cueille dans mes rôderies et remords. Pourtant je sens souvent que Cohen ment. Qu'il tortille la vérité, brode, émaille, utilise sa propre mère pour peindre de lui une image trop flattée. Mais même menteur, même hâbleur, je suis content qu'Albert Cohen ait écrit ce livre : il allège mon repentir. Me réconforte dans le purgatoire des fils distraits. *Indignus sum qui orem !* Jusqu'à la langue de Cohen, d'un exotisme poétique presque barbare, qui me séduit de sa musique psalmique, ô Israël, ô strophes du roi David où le cosmopolitisme oriental de la Genève d'avant guerre, Corfou, Marseille, la Loi, le Bureau International du Travail et les nymphes à boas du quai des Bergues s'entremêlent dans une odeur de miel épais, d'amandes grillées, de cigarettes turques et de café sucré et dense comme l'arôme des mots du reproche. Albert Cohen, frère humain, frère menteur, mais mon aîné dans la sainte cohorte des pénitents de leur mère !

Je me disais aussi que ma mère, si elle avait rencontré Louise Cohen, se serait immédiatement attachée à elle, parce qu'elle était attirée par les dames juives et que Louise Cohen avait un fils sérieux, lié au monde diplomatique, fréquentant la haute société genevoise cosmopolite et non des peintres sans acheteurs, des écrivains équivoques, des ratés, des sauteuses, comme faisait le sien au lieu de l'aimer. Elle aurait aimé son nom, Louise Cohen, alliage de la dignité royale, française, et de la judaïté révérée. Elle aurait mangé sa pâte d'amande, bu ses laits de poule, admiré ses toilettes désuètes, respiré avec délice son parfum lourd. Elle, ma mère, si peu genevoise, elle aurait badaudé dans Genève avec Louise, pardonnant à Albert ses frasques amoureuses et ses mondanités parce qu'il avait un haut poste et logeait sa mère chez lui quand elle venait passer quelques semaines à Genève auprès de ce fils élégant. Toi qui es si *dépenaillé*, mon pauvre Jacques, elle répétait souvent le mot, dépenaillé, dépenaillé, toi si incapable de loger ta mère comme fait cet Albert pour la sienne ! Et ses livres, mon pauvre Jacques ! Des vrais livres, avec des vrais personnages, pas de ces histoires à toi avec tes fous, tes vieux cochons, Bernard Pivot l'a bien dit. A me faire honte devant mes amies.

Amour de ma mère, comme scande Albert Cohen. Ce que j'ai écrit plus haut des préférences de ma mère est juste et faux, ainsi allait toujours notre couple. Ce qui est faux, c'est le tour excessif de la diatribe. Et encore. Ce qui est juste, c'est sa fascination pour les fils qui systématiquement, dans son esprit et dans sa bouche, sont plus dignes de leur mère que moi de la mienne. Ainsi d'un rêveur de l'avenue des Alpes, un voisin, vieux garçon efféminé, fardé, rondouillard, paresseux, qui vivait aux crochets de sa vieille mère et s'il était levé, tard le matin, faisait quelques courses avec elle en l'aidant à marcher dans les magasins du quartier. « Tu vois, me disait ma mère d'un ton qu'elle voulait convaincu. Elle a bien de la chance, cette dame. Son fils est venu vivre avec elle. Il lui a tout sacrifié. Et il l'assiste, tu vois, il l'accompagne, il lui tient compagnie ! » Le comble, elle savait à quoi s'en tenir sur le bonhomme, mais elle ne pouvait s'empêcher d'en faire un fils exemplaire pour bien me manifester ma propre paresse à son endroit. Il y avait aussi de la tristesse et du regret dans l'éloge dudit voisin. Disons que j'en riais modérément pour n'avoir pas à me blesser.

Mais me blesser de quoi, imbécile, quand c'est moi qui blesse ma mère et ne lui ai jamais rendu ce qu'elle n'a cessé de me donner ? Albert Cohen soit loué de m'avoir aidé à porter mon fardeau de fautes contre ma mère. Par lui j'ai parfois compris que le pur amour est abandon à ma peine, anéantissement de mon orgueil, de mes mensonges, de mes accommodements avec le passé ; que le pur amour est course au vide, au plat, au rien, pour retourner dans le sein de sa mère. Pardon Cohen, vieux renard corfiote, provisoirement de vous voler votre ruse pour vivre encore dans ma mère. Pour souffrir moins de lui survivre. Et pardon, mère, de trouver dans le livre écrit pour une autre de quoi t'aimer sans baisser la tête. C'est un livre juif, Maman. Par sa syntaxe, ses images, sa gourmandise, son humour noir, son humour jaune, par sa plainte cent fois répétée, par cet excès d'accablement, par la beauté de son âme dans le cœur humain et en Dieu, c'est un livre juif, Maman, tu t'y repères en amie, en invitée, en confidente, en partenaire des parties de bridge aux fenêtres des salons de l'avenue des Alpes sous la synagogue de ta ville. Oui loué soit Albert Cohen de m'inviter à mon tour à cette dernière partie funèbre, maintenant pour lui joueuse et gaie, où je te retrouve, mère, sans trop de larmes.

J'écris sur ma mère

J'écris sur ma mère, je pourrais craindre qu'à expliciter sa figure je lui fasse perdre en moi sa figure plus profonde, plus secrète, impossible à dire. Celle dont me viennent amour et remords. Néanmoins j'écris sur elle parce que j'ai besoin de ce tombeau de mots, peut-être menteurs dès qu'ils simplifient, j'en prends le risque pour me tenir au plus près de ma vérité avec elle.

Ma vérité, sa vérité. Je sais qu'un mot à peine noté, une phrase fixée, la réalité de ma mère s'estompe, s'embrume lumineusement, feu lointain, feu dans le brouillard rongé de nuit et d'oubli.

Donc je ne dis rien de vrai, et je cerne la vérité au plus près. Je ne mens pas, n'invente pas, je ne suis pas l'affabulateur de ma mère, pourtant quelque chose résiste, de secret, de plus intime, d'enfermé dans le mystère de l'être, dans la prison de l'être, la cave de l'être aux yeux de ciel dont la figure s'efface ou s'estompe au moment où j'écris cette page. Serait-il là, le phénomène le plus douloureux de l'absence ? Comme une perte perpétuelle, une déperdition de l'être à dire, son absence même le recouvre d'une buée qui l'éloigne dans ces espaces où nous ne le rejoignons pas vivants.

Devrai-je être mort, mère, pour te retrouver tout entière ? M'attends-tu encore, sous mes pages d'écriture, souriante, patiente, regardant dans ma direction de ton regard bleu de ciel, pendant que je rature notre histoire pour t'arracher à l'indistinct ?

Ma mère a aimé mon père

Ma mère a aimé mon père comme une folle et comme une sage. Il ne le lui a pas rendu. Elle lui a été fidèle, l'a soutenu, parfois porté dans son travail, mon père ne le lui a pas rendu, il a méprisé ma mère en lui mentant, en la trompant, en prenant le risque de compromettre notre famille dans des histoires idiotes ou graves. Trompée, ma mère a fait front. Elle a opposé le silence et le sourire aux gouffres qui menaçaient de s'ouvrir et de nous happer dans la honte.

Ma mère a souffert de la conduite de mon père de façon d'autant plus aiguë que mon père était un homme de valeur, conférencier vif, étymologiste savant, directeur d'un établissement scolaire de grand renom. Débordements, gâchis, chute. Ma mère a tenu le coup. Je pense à ma mère. Je me demande d'où lui est venue la force de résister à tant de crève-cœur. L'amour de mon père. L'amour de ses enfants. Ne pas perdre la face. Elle puisait dans le vieux fonds Vallotton robuste, tenace, elle avait la fierté de la solitude, le désespoir calme, souriant, de qui ne cède pas aux ravines. « Aller de l'avant », c'était son mot. Je l'entends encore, paralysée dans son fauteuil par le grand âge, aveugle, infirme, « aller de l'avant », disait-elle de sa voix exténuée, « il faut aller de l'avant ». Et moi je sortais de sa chambre éperdu d'admiration pour ce petit corps valeureux, cette âme droite, qui m'enseignait en vérité. D'autres fois elle disait, parce que le mal l'accablait : « le chemin est long ». Mais tout de suite elle se reprenait, dans un sursaut de devoir et de fierté : « il faut aller de l'avant ! » Et j'écoute sa vieille voix, tout à coup presque affermie, me donner le mot d'ordre et me conduire.

Vieille voix, jeune voix, celle qui me chantait Botrel et les comptines. C'était au temps des sapins noirs à la fenêtre, j'avais peur de la fouine à deux pas dans le bûcher, il y avait les bras de ma mère, la poitrine de ma mère, l'odeur de ma mère, odeur sucrée, âcre, doucement insistante, de peau, de lait, et la rondeur souple du sein, le vêtement où je me blottissais. Il y avait le vieux bâtiment de l'école, immense école, immense classe, ma mère venait me chercher à quatre heures, jour après jour j'avais la même peur qu'elle ne fût pas là, qu'elle m'eût oublié, perdu, rejeté, maintenant c'est moi qui la cherche.

Quand il fut question que j'aille faire mon bac à Saint-Michel, à Fribourg, dans l'ancien Collège des Jésuites, mon père y était opposé. Acteur et témoin dans l'école laïque, il ne pouvait se résoudre à voir son fils bachelier des Pères. Je sais qu'il y eut de lourdes disputes à mon sujet. Ma mère tint bon. C'est elle qui voulait Fribourg. En m'inscrivant à Saint-Michel, elle m'a donné vie une seconde fois.

Par toi mère, à Fribourg, j'ai vu avec les yeux des saints vivants qui m'apprenaient à regarder dehors et dedans, par toi j'ai chanté les poésies qu'ils m'enseignaient, par toi j'ai baigné dans la tendresse de quelques vivantes de la Grand-Rue ou de l'Auge. Par toi j'ai été aspiré dans la fraîcheur tourbillonnante d'un fleuve vert. Par toi j'ai pénétré dans des églises où la bure des moines survenus de la Contre-Réforme et la prière des pénitentes m'aimantaient dans la pénombre pleine d'encens. Réapparu à la lumière des petites places où tapait le soleil de Dieu, c'est toi que j'invoquais et saluais, mère chérie, tandis que les chats roux de la Basse-Ville clignaient de l'œil et se rendormaient sur leurs murets.

Derrière la place de l'Auge, une porte à mon passage s'ouvrait, la porte où je savais que je ne devais pas frapper si je ne voulais pas me couvrir de remords en dépensant les derniers sous que tu m'avais donnés pour le mois. Porte coupable, porte bénie qu'ouvre la femme aux seins de miel rose ! Je frappais donc à cette porte, je me couchais sur le lit de la femme et tout de suite je la laissais faire, me bercer, me donner son sein rond et doux où j'oubliais et retrouvais le tien quand tu me le donnais à épuiser dans la chambre des sapins noirs et de la fouine.

En ce temps-là j'avais dix-sept ans, je parcourais en tous sens la femme aux seins de miel rose, je fouillais sa bouche sans fond, j'ouvrais sa fente d'ombre illimitée, je buvais son odeur insondable de suc marin, de pluie tiède d'été sur les pivoines d'un jardin perdu, et je me répandais dans cette bouche, dans ce ventre, cavités vertigineuses que je n'épuiserais jamais. Puis je remontais à mon gîte de pensionnaire par des rues où je te parlais, mère, où je te priais sans trop de remords, pardon de t'avoir oubliée dans les cavités de l'hôtesse, pardon mère, je ne pensais plus à toi dans les plis, les fentes, les cachettes, les vallons gorgés de bienfaits de l'hôtesse de la place de l'Auge dont les seins sont de miel rose et le cœur s'emplit de pitié pour la mère du Christ.

Ni théâtre, ni livret d'opéra

Ni théâtre, ni livret d'opéra, ni roman, jamais tu ne fis de ta vie une autre vie que ce qu'elle fut. Jamais tu ne fis semblant, ne mentis, ne jouas. Tu étais tout entière dans ce que tu disais, dans ce que tu faisais, dans ce que l'on ressentait de toi. De ton émotion toujours vive, de ta discrétion intense.

Tu étais vraie, mère, jusque dans ta silencieuse angoisse de perdre, puis d'avoir perdu mon père.

Tu étais vraie dans ta lecture de la Bible, discrète, cachée, souvenirs d'enfance, d'adolescence, pour rien au monde tu ne te serais exposée en train de lire les Ecritures devant nous, elles étaient en toi, tu t'en souvenais, tu leur donnais la même place qu'à La Fontaine, avec en plus le poids atavique, noué, tenace, de la lecture qu'en avaient faite tes ascendants. L'été, à l'alpage des troupeaux, le grand-père Jaillet célébrait le culte au chalet du Risoux. Chaque fin de journée, pour les siens et les domestiques, debout il lisait la grosse Bible, on priait à haute voix, on entonnait les cantiques à la lueur du foyer et des lampes à pétrole rongées par l'ombre de la montagne.

Resplendis, Jérusalem, ta lumière est venue
Et la gloire du Seigneur s'est levée pour toi…

C'était le service du soir. Le matin aussi on priait, on célébrait Dieu dans ses œuvres à l'aube fraîche si pareille à l'âme de celui qui se lave de ses fautes dans la vraie foi de ses pères. Jérusalem ! J'ai été nourri par cette confiance des juifs et des protestants. Je la tiens de toi, mère. Par toi, quand tu racontais ces scènes de culte familial, de chalet d'alpage, de désert peuplé par la Parole, je me découvrais une force très ancienne, printanière, hantée de Dieu, un corps capable de vieillir et de reverdir dans le même présent perpétuel. Tu liais le passé et l'instant. Mère tu étais la fraîcheur qui ne sèche pas, l'eau des sources qui ne tarit pas, la rosée qui luit chaque aube et demain luira comme aux plus petites feuilles des arbres de Canaan et des jardins de toute ta vie.

Parce que tu étais vraie dans ton goût de l'élémentaire : le sol, la terre, tout ce qu'ils donnent de légitime. Tu avais le sens lévitique des liens de famille, de droit terrien, de propriété, d'origine. Je te le dois.

J'imagine le grand-père debout dans le chalet du Risoux, entouré de ses enfants et de ses domestiques barbus aux noms de prophètes et de rois, Jérémie Aney, Elie et Zacharie Develey, David Grobet, Josias Jaquet, je le vois porter à bout de bras le Livre sans trembler parce qu'il sent l'esprit qui le traverse, le relie aux lieux saints, l'attache plus fort au lieu que l'Eternel lui a donné à vivre et à faire fructifier. Je l'écoute lire dans le Livre qu'il porte sans trembler, ayant chaussé ses lunettes sur son nez long et droit, et il lit d'une voix forte, habitée, et la femme, les enfants, les domestiques, comme au culte à l'église tous les dimanches de l'hiver, baissent la tête et écoutent la parole des Hébreux. Le temps ne passe pas. Qu'est-ce que la mort ? C'est une autre vie sans le tourment du péché. Il n'a pas peur de la mort, l'ancêtre aux bras qui ne tremblent pas dans la montagne noire. Toi non plus, mère, tu n'avais pas peur de la mort. Je te dois cette même tranquillité.

Du grand-père, encore, tu avais l'indifférence des fastes du monde, des paillettes, du miroir aux alouettes, tu étais vraie dans ta détestation de l'esbroufe, des parlottes, des engouements. Je ne t'ai jamais vue t'emballer pour des livres sots. Je ne t'ai pas surprise à aimer le faux. Au temps où tu lisais beaucoup, je me rappelle que tu aimais par-dessus tout *Jane Eyre*, *Les Hauts de Hurlevent* et *Les Raisins de la colère*. Et *Rebecca*, dont l'intrigue tortueuse faisait ressortir la pureté de l'héroïne à laquelle peut-être tu t'associais.

Tu détestais le hasard, en terrienne et protestante de la montagne biblique. J'ai dit que tu ne jouais pas : je parlais de la comédie avantageuse et du mensonge. Car pour le jeu de distraction, de construction, le vrai jeu qui occupe la tête, délasse, excite, le jeu qui s'aiguise lui-même à l'acuité de la joueuse et à son plaisir de gagner, tu aimais les parties de bridge dans les belles maisons bourgeoises de ton silencieux quartier, l'après-midi, avec les dames juives tes amies et quelques autres, tu en parlais avec l'excitation de celle qui gagne, et qui prend au sérieux les moyens d'y parvenir en toute tension calme et clarté. Combinaison, calcul, divination du jeu, tu disais que le bridge aiguisait ta mémoire. Je savais que tu défiais ton âge en prévoyant et sondant le jeu des autres, en organisant le tien, en te battant là, comme tu faisais dans la vie, contre ce qui pouvait t'atteindre ou te détruire.

Mais surtout, bien jouer, c'était conjurer le hasard, combattre la mauvaise chance des cartes. Conjurer le hasard, c'était gagner la partie contre le vide.

Je dis ces choses aujourd'hui, je les connaissais à l'époque, je savais que le jeu t'aiderait à lutter contre tant de fantômes revenus du passé opaque et proche. Vallorbe aimée et perdue, tous les tiens morts, mon étrange père suicidé. Pourquoi me moquais-je des centaines d'heures que tu y passais, des gens avec qui tu jouais, du jeu que tu commentais, des portraits que tu faisais des mauvais joueurs, des sommes dérisoires mises en jeu, juste pour le plaisir de jouer, pour qu'il y ait des gagnants et des perdants, et que l'après-midi soit vidé, guéri, sauvé de trop de fantômes qui t'assaillaient dès ton retour, seule chez toi, qui te houspillaient dans la soirée, qui rôdaient autour de ton sommeil avant que tu plonges dans le noir à coups de somnifères que je haïssais ?

Je me suis moqué de ton jeu parce que je connaissais trop bien les fantômes que tu y évitais. Parce que je n'avais pas le courage de prendre acte de la souffrance et de l'abandon que tu y fuyais. J'ai ri de tes après-midi dans les beaux salons de l'avenue des Alpes parce que je souffrais de ta souffrance, de ton abandon, de ta solitude, de l'âge qui venait et qui allait un jour ou l'autre nous séparer, de la mort où tu entrerais bientôt et qui m'arracherait de toi sans que j'aie eu le temps, pris le temps, défié le temps en te disant enfin : « je t'aime Maman », « pardon Maman », « trouvons une longue trêve, Maman, avant la ruine, avant la mort, que je puisse enfin te parler, te couvrir de tendresse, de reconnaissance, de bel honneur, que je puisse enfin te mériter avant l'horreur et la mort ».

Je n'ai rien dit de tout cela, je me suis tu sur ces choses que je savais, que je voulais, au lieu de quoi j'ai injurié tes parties de jeu de mon arrogance et de mon dédain. Pardon, mère. Là où tu es, regarde ton fils, dis-lui que tu connais son cœur et que tu y lis l'amour qu'il n'a pas su te prouver au cours de vos presque soixante-dix ans de vie ensemble.

J'ai fui ma responsabilité

J'ai fui ma responsabilité. La fuyant, j'ai trahi l'obligation d'assistance que je devais à ma mère. Je ne me pardonne pas ce manquement.

Me dérober à mon devoir n'est pas beau. Me dérober à ma mère est laid.

Pourquoi ai-je fui ? Je craignais de m'encombrer. Assistant ma mère, la voyant davantage, l'entretenant d'elle et de moi, j'eusse été dépendant de son horaire, de ses goûts, de son humeur, de sa conversation. J'ai refusé cette dépendance parce que je crains par-dessus tout de me charger. Par paresse, par lâcheté, par souci de mon confort, aussi dans le soin croissant de ne rien ajouter à ma vie qui pût lui peser ou l'aggraver d'aucun engagement à l'endroit de quiconque, j'ai étendu à ma mère, pauvre de moi, mon obsession de ne rien *porter*. Et pourquoi tant de prudence, de ruse égoïste, de portes verrouillées, de distance jalousement surveillée ? Pour trois fois rien. Rôder. Ne rien faire qu'attendre quelque surprise du temps utilisé à gribouiller dans des carnets, à raturer sur des babioles, à guetter ou à croire voir naître l'assomption sur des faces hébétées ou très tôt distraites de moi.

Tout à coup une question me blesse. En ai-je voulu à ma mère d'avoir du bien ? Ou lui ai-je fait grief, tout au fond de moi et à mon insu, longtemps avant qu'elle hérite de son propre père, de ce que je savais d'elle, de son aisance à venir, et de sa famille cossue ? Par mon indifférence accusée, mes blâmes, mon ironie, mon ignorance de son âme, l'ai-je salement punie d'appartenir à une famille fortunée ?

Les protestants considèrent que la richesse est une récompense de Dieu. Celui qui doit son argent à son travail, celui-là est aimé de Dieu. L'aisance est la grâce des laborieux. Les pauvres sont pauvres parce qu'ils ont été fainéants, buveurs, fornicateurs à tout vent. Et leurs pères et mères avant eux. Malédiction atavique de paresse et de vice crasseux. Au temps de l'enfance de ma mère, les cafés de Vallorbe étaient pleins de pauvres gavés à l'eau-de-vie, à l'absinthe, qui grevaient les comptes de la commune et laissaient placer à l'assistance leur incessante progéniture. Beaucoup plus tard, dans le jardin de Payerne, quand ma grand-mère Vallotton voyait passer un mendiant, « pauvre diable », murmurait-elle les larmes aux yeux. « Rappelle-toi, Jacques, rappelle-toi. C'est épouvantable d'être pauvre. » Et encore : « Souviens-toi, mon petit Jacques. Il faut prier, il faut beaucoup prier, pour remercier Dieu de ne manquer de rien. »

— Mais pourquoi est-on pauvre ? demandais-je.

Ma grand-mère répondait à côté, soucieuse de ne pas accabler le loqueteux qui hésitait, devant notre double regard, à pousser la porte du jardin.

— Si tu étudies à l'école, si tu travailles toujours bien, tu es sûr de ne jamais être pauvre.

— Mais ces mines malades, grand-mère, mais ces loques…

— Tous des feignants, me coupait-on pour ne pas pleurer.

« La paresse est la mère de tous les vices », disait aussi ma grand-mère sans rire. Sans doute ignorait-elle la mienne, dont je pouvais croire alors, selon la juste appréciation de Dieu et de mes parents, qu'elle me vouerait tôt ou tard au pire et honteux dénuement.

Me suis-je tôt assimilé, contre ma famille protestante, aux pauvres flemmards, aux pauvres punis, dans un pressentiment qui associait l'écriture, la rôderie, à la proscription des damnés ?

Le protestant ne doit des comptes qu'à Dieu. Il ne touche pas à la conscience d'autrui. Moi et l'autre, nous n'avons de dialogue qu'avec Dieu. Solitude, responsabilité, et valeur augmentée de cette solitude. Dans l'ordre de la Loi, qui frôle ici l'interdit, je fais mon examen de conscience, je ne m'autorise pas celui de l'autre. Dieu seul recours. Secte égotiste.

Donc j'ai tourné le dos. Vieille, bientôt immobilisée par la cécité et les attaques, j'ai laissé ma mère seule. Et toujours la question me poigne. L'ai-je punie d'être l'enfant d'une famille nantie ? Ma mère travailleuse et fière. Comme je la punissais sans cesse de son trop de lucidité sur moi, et de la tendresse que je ne savais pas lui montrer, et de l'amour que je ne savais pas lui dire, lui manifester, tant qu'elle vivait, ô jamais plus, à quelques kilomètres de mon repaire dans mes campagnes ce matin sévères.

L'injure, l'ingratitude

L'injure, l'ingratitude, seraient le lot du fils maudit ? Ruminant le tort que j'ai fait à ma mère, je taxe ma faute comme le philosophe a taxé le crime de la Shoah : imprescriptible.

Je vois mon impudeur à user du même mot pour mon crime contre ma mère. Et le ridicule. Rapporté à ma vie avec elle, le mot terrible de Jankélévitch prend pourtant un sens singulier, qui dit exactement ce que j'éprouve de l'absence de tout pardon pour mon comportement avec ma mère.

Calviniste et soucieux de perfection, ainsi deux fois coupable, j'adapte à ma circonstance l'arrêt cruel, le vocable lourd, la condamnation de l'abominable. De ce qui ne se pardonne pas.

Dans mon histoire avec ma mère je suis nu, minuscule, dérisoire. Pour tenter de me punir de l'impunissable, je rôde autour d'une rédemption par le sacrifice, je me force à vivre la flagellation et les épines, Golgotha, la Shoah, à ma pauvre mesure particulière et grotesque. En plus du souci de ma mère, m'accablant de mon propre rire à singer le vrai sacrifice de Dieu et de ses hypostases.

Dérision de mes singeries ! J'en ai honte, je me moque de moi, mais une vraie tristesse m'a gagné depuis que je parle, de vraies larmes voudraient couler de mes yeux à dire mon ingratitude.

C'est le spectacle que je me donne et que tu détesterais, mère, de pleurer devant toi, en même temps de m'accuser et de rire de mon théâtre. De haïr ma conduite avec toi, et de la rapporter avec soin.

Tu détestais les explications, les mises au point, les éclaircissements qui prétendent ordonner des choses qui ne comptent pas. Ce qu'il convenait d'éclairer, et fidèlement de révérer, c'était le vrai passé opaque, tendu, fertile, en nous présent, par une reconnaissance éblouie et presque mystique à chaque instant : le passé des ancêtres et des parents, le seul qui compte et qui fonde.

Je ne suis pas un fils maudit. Ma mère m'a aimé avec une tendresse jalouse, j'ai été choyé par son esprit, par tant d'autres dons qu'elle prodiguait et tentait de cultiver en moi. Je ne l'en ai pas gratifiée. Délibérément, je ne l'ai pas *reconnue*.

C'est de cela que je suis puni. C'est cette malédiction que j'ai choisi de mériter, tout le temps que ma mère vivait, pour le temps qu'elle ne serait plus. Et je demande pardon dans l'air des rêves, la forêt de nos symboles purs, l'eau de la rivière au long de nos vagabondages, l'orage jaune sur la crête alpestre, le lac blanc et bitumeux, le lac céleste et doré, le regret de tout cela et l'attente de l'amour de cette femme, la crainte de l'amour de cette femme, les figures précises et enveloppées de la vapeur des anciennes cloisons où tu me parles, mère, où tu vois mes yeux qui te cherchent, où tu entends ma bouche qui t'appelle, mon souffle qui voudrait se fondre dans le tien. Et tu sais que je rature ces pages si tard pour m'approcher de toi, et que nous disions ensemble notre songe et chantions les chants d'avant.

Au lieu de

Je suis né grave, curieux, aimant. Mais c'est une relation orientée que j'ai eue, par toi, avec les jeunes filles et les femmes.

Elles n'étaient même pas les rivales de ma mère. Leur attrait était grand. Leur odeur m'attirait. L'odeur du leurre. Ce n'était pas celle de ma mère. Surtout je ne captais pas d'elles cette *autorité*, je m'en rends mieux compte aujourd'hui, qui était la marque de ma mère.

Filles belles, sans autorité. Et c'est l'autorité qui m'aimante et me retient auprès de la femme que je puis aimer. Pour me rebeller, me détourner, m'enfuir, ma conduite avec ma mère en dit long, mais j'ai besoin d'un centre fort, d'une volonté précise ou diffuse, d'un mystère lové, d'un secret qui agrandit l'être qui m'attire. Les femmes que je croyais aimer n'avaient pas assez de secret. Ma mère portait le sien sous tant de grâce, une blessure, sa tristesse des injustices de mon père, et cette blessure me tenait.

Très tôt j'ai ressenti de l'ennui avec tant de femmes. Avec ma mère je ne me suis jamais ennuyé.

Quand je me trouvais dans le lit de l'une d'elles et que son âge approchait du tien, quarante-cinq, puis cinquante, ou cinquante-cinq ans, j'en avais toujours vingt-quatre de moins, les années qui nous *séparent*, mère, et c'était insupportable, chaque fois je comparais cette femme à toi et je la trouvais inférieure.

Non que je n'aie connu plaisir et curiosité, insistant désir, à caresser leurs seins déjà marqués par l'âge, leur ventre où se dessinaient et creusaient des plis, leur sexe usé à tellement d'histoires. Leur enthousiasme à me prouver leur jeunesse encore ardente, plus aiguë et plus affûtée que celle des jeunes filles avec lesquelles j'avais l'occasion de perdre la tête, eût suffi à me combler d'aise, si la comparaison avec toi n'avait compromis mon plaisir.

« Le fruit n'est pas gâté », m'avait susurré la dame de cinquante-cinq ans et c'était sans doute vrai, même si le mot « gâté » avait entamé la sérénité que j'avais éprouvée, les premières fois, à me glisser dans son lit. Fruit pas gâté, un langage de marchand-primeur, de fruitier tâtant ses produits à l'ouverture de sa boutique. Je me souvenais aussi qu'à Pully, dans le langage familial, il ne fallait pas que je me sentisse trop « gâté ».

Lorsque la dame de cinquante-cinq ans remontait le store de sa chambre à coucher, à la fin de l'après-midi, j'étais saisi d'horreur à retrouver ses yeux durs, petits yeux foncés dans deux petites bosses de chair osseuse, et tout de suite je voyais ton regard de ciel, mère, ton regard de nuée bleu et gris qui surpassait toute bassesse humaine. Et je prenais congé en hâte, jurant de revenir l'après-midi du lendemain, promesse que je ne tenais pas forcément.

Comparaison sans glissement incestueux, je le sais. Plus simplement, l'être que révélaient ces petits yeux durs ne valait pas que je me plaise dans sa mesquinerie. C'est le souvenir de ton regard qui me délivrait de sa vrille.

Une autre dame était plus douce mais sa douceur était sucrée, poivrée, aromatisée, avec elle je goûtais les délices d'une bouche à l'accent roulé, de seins mous et lourds, de hanches étroites, en bas d'une fente laiteuse à l'acidité de dessert frugal, ce qui contrastait avec les sucreries plus apparentes du dessus. Mais je me sentais presque infirmé par tant de mièvrerie. La simplicité Vallotton me manquait.

Je veux résister à l'envie de dire du mal des aimées pour exalter l'amour de ma mère. Elle ne m'a jamais rien interdit, ni empêché de voir personne, c'est moi qui me souviens de l'étrange état où je me suis trouvé, dans les bras de mes fiancées, quand il m'arrivait de me souvenir d'elle, aussitôt de chasser son image pour ne pas partager ce que je me croyais dû.

Pourquoi me suis-je détourné de toi ? Qui a fait de moi ce jeune homme grave, lisant la mort dans le vivant comme le moine des Vanités ?

Quelque temps après son suicide, j'ai cru aimer les dames sous l'œil de mon père, opposant à mon avantage ma propre lenteur à ses rapts. Je me trompais. Car dans ma plus longue mémoire, vrai réservoir du passé à retrouver, c'était toujours toi que je rencontrais, mère, je le sais clairement aujourd'hui, dans les bras, dans le corps, dans les soupirs des almées.

Par les choses de l'amour je souhaitais m'élever, gravir, me transfigurer. Ce n'était possible qu'avec ton approbation.

C'était surprenant avec les jeunes filles, si je pense que leur âge aurait dû t'éloigner d'elles, et toi de moi dans leur compagnie. Pourtant tu apparaissais dans leur fraîcheur, leur délié, leur spontanéité drôle, l'absence de poids, et sur leurs visages encore étonnés j'embrassais des visages de toi. En elles je surprenais des gestes, des attitudes, des sourires, des pudeurs, tant d'images de toi enfuies de ton enfance. Et le myosotis de ton regard, l'arc des sourcils bien dessinés, le sourire de tes lèvres minces. Ainsi t'a peinte Curtat, c'était en 1921, un matin que tu revenais du collège, tu avais regardé le peintre déjà très âgé travailler dans une allée du parc Montbenon, mince parc où nageaient des cygnes d'Australie sur un petit étang noir, et le peintre t'avait demandé de poser. Tête d'abord méfiante de ton père. Mais il accepte. Tu vas deux ou trois fois à l'atelier, tu en reviens avec le portrait que j'ai toujours vu à la maison, il a été peint en quelques heures il y a tout juste quatre-vingt-cinq ans. Je ne le revois jamais sans être presque effrayé de sa fraîcheur.

Mais l'effroi, et la fraîcheur, la stupeur au corps dévêtu qui luit dans la pénombre, mais le ahanement du plaisir, la jeune bouche qui se tord, le visage qui se crispe, le corps qui se tend, bientôt casse. Combien de fois, mère, ai-je pu surprendre tes jeunes traits dans les jeunes traits noyés d'ombre, et si visibles, et qui me révélaient les tiens dans l'arrière-pays presque rêvé où je vivais pourtant la scène.

Je me souviens, je compare.

Petits yeux durs d'une enthousiaste : de l'affaire, tu sors gagnante.

Trop de mollesse d'une enthousiaste : de l'affaire, tu es encore gagnante.

Filles très jeunes : j'ai ton enfance.

Maintenant de mauvais souvenirs m'assaillent. De méchanceté. D'injustice. Comment me débarrasser de toi ? Car quelque chose demeure et gagne vilainement la partie quand il s'agit de me défaire de ma mère, de la provoquer, de la défier pour lui échapper : si souvent, toutes ces années que nous avons passées ensemble, j'ai dû insulter ton goût, ton souci, ta tendresse pour moi, en cultivant trop de distractions indignes de toi.

Ainsi s'accomplissait l'insulte, j'allais dire la profanation, s'il est vrai qu'une fatalité de blasphème devait me jeter contre toi jusque dans les cuisses de ces créatures.

Il reste que dans ces lits comme au sortir de trop brefs vertiges, je palpais l'os sous la chair, baisers au rire du crâne, exploration du squelette, la mort et son appareil survenant ou guettant sous le bruit mouillé et les mots pulpeux des étreintes. Toi aussi te perdre, mère ! Un jour ou l'autre, dans pas longtemps, cette nuit, demain, m'écrouler sur ton corps inerte, palper le néant sous ton front froid ! Torture lisse. Défaite définitive. Et je quittais l'objet de mon plaisir, pauvre enchanteresse de passage, en maudissant la distraction qui m'avait fait t'oublier, te fuir, me détourner de toi dans le piège et le ventre du leurre où je me cachais, piètre Jonas, du vrai amour.

Si ta vie avait reçu

Je n'écrirais pas sur toi si ta vie avait reçu ce qu'elle devait recevoir.

Il y a eu injustice.

Je n'écrirais pas sur toi si je n'avais à réparer le tort que t'a fait mon père en te forçant à la tragédie. Je n'exagère pas. Le salissement d'un cœur limpide, la trahison des sentiments, la débâcle du quotidien, et le manque, l'échec, la solitude, le courage et l'amour-propre bafoués, tout cela qui menace, noire sarabande. Surtout le manque, toi qui donnais, qui demandais autant, dans ta transparence printanière.

Je n'écrirais pas sur toi si je n'avais à te rendre la part dont tu as manqué toute ta vie. La juste part. Ce qui était dû. Mon père t'a fait une vie tragique. Une vie suspendue au doute, au faux-semblant, au risque toujours des décombres. Ecrivant sur toi, je te rends ce que mon père t'a volé. Ce que, de toi, il a gâché. Son mépris de toi et de nous. Le mensonge.

Je le sais mieux à mesure que j'écris sur toi : la première raison de ce livre est de rétablir ta part, de réparer l'injustice dont t'a blessée mon père.

Maintenant un aveu grave, car je l'ai découvert aussi : je n'écrirais pas sur toi si je n'avais imité mon père en te méprisant, en te maltraitant toute ma vie d'homme, en te mentant et provoquant comme il le faisait devant moi, dans mon enfance et dans mon adolescence. Non pas mépris explicite de ma part, manifesté en mots nettement fondés, mais une sale attitude, un mode d'être, un comportement de conflit. Te contredire. Te défier. Jouer au malin avec toi. Persévérer dans cette conduite imbécile jusqu'à tes larmes, jusqu'à te faire regretter d'être au monde, aujourd'hui je m'en maudis.

J'écris sur toi pour conjurer cette malédiction. J'écris sur toi pour essayer de rendre à ta vie l'unité que mon père a gâchée, et que j'ai abîmée après lui.

Si ta vie avait reçu

Tant de parents de mes amis ne méritent rien, à leur mort, parce qu'ils ont tout eu de leur vivant. Toi tu avais toutes les qualités du corps et de l'âme et on te les a sabotées. Petite fille aimante, jeune fille aimante et blessée par la rigueur d'un père dur, cet Alexandre Vallotton solitaire, puissant, égoïste comme une montagne du Jura, quand tu rencontres mon père tu peux croire à la vérité de ta vie. Injure, injustice, ruines. Tu fais front. Tu t'obstines. Tu t'arc-boutes dans ta solitude, ton orgueil, ta tendresse ravagée. Et moi, ce que je fais pour toi ? Rien. Tant de parents de mes amis meurent de leur belle mort et tout le monde est content. Toi tu meurs aveugle, détruite, et le regret me ronge de ton destin à jamais.

Une visite

J'ai rendu visite à tes cendres devant le rectangle de fleurs où elles reposent. C'était l'après-midi d'hier avec la clarté de novembre, tout à coup le soleil a fait luire les roses et les arbres, et le cuivre étincelait comme au temps où tu les voyais, la distraction ne passait jamais sur ton visage.

Mère dis-moi qui parle dans l'automne si loin, si près de ta vie, dans l'étincellement de la lumière aux arbres maintenant et avant.

Demeure d'air, de terre souple au songe, dernier lieu de l'effacement, du souffle qui s'éteint, des restes qui cessent d'exister. Qu'est-ce que j'attends ? Qu'est-ce que je regarde ? Un moutonnement de tiges, de corolles, d'écorces éparses et serrées, dures ou flexibles, sous quoi viennent le pépiement des morts, les non-dits, les appels des morts. Ou leur indifférence heureuse. Et toi mère, dans toutes ces voix, je veux entendre la tienne seule, visiteur arrêté au bord du rien, dans l'absence tout à coup éblouissante de limites et de regrets.

N'avoir pas de tombe

Pas facile de n'avoir pas de tombe à aimer puisque tu as voulu que tes cendres reposent au grand rectangle du Souvenir. Le Jardin, dit l'administration du cimetière. Un espace entre des petites haies de buis, de houx, de rosiers nains, à l'intérieur foisonnent les espèces de plantes et les bouquets qu'on trouve chez les fleuristes du quartier, primevères, rhododendrons, anémones, petits citronniers qui brillent sur la terre noire où sont enfouies les cendres des mortes et des morts mêlées aux racines, au fond, au goût âcre et sucré qui monte du sol, odeur de la pluie, du vent, de la transformation des morts.

Sans tombe, toi qui étais si terrienne. L'exil,

l'éphémère, l'absence de nom, vœu d'humilité, fosse commune, service des pauvres.

C'est là que tu es, mère. La première fois que j'y suis venu en visite c'était un matin de neige sans neige, parce que le ciel était vide, blanc, la terre blanche, aucun vent, aucun bruit, sinon le remous ininterrompu de la circulation en contrebas du cimetière sur l'autoroute de Genève et le lac.

Je suis resté longtemps debout devant le rectangle, les touffes, les feuilles des plantes faisaient des bosses sous le blanc encore intact, je me demandais où le préposé avait semé tes cendres, aucun indice, aucune trace, la neige avait tout recouvert. Simplement j'étais sans toi, je te parlais, je t'appelais, j'étais sans toi et je savais atrocement que je ne m'accommoderais pas de ta mort.

Tout à coup une phrase de toi m'est revenue, absurde, étrange, des mots d'avant ton attaque, d'avant tes yeux aveugles, mots du vieillissement et de la pauvre solitude. « Quand je me lave, disaient ces mots, j'ai de plus en plus de peine à sortir de ma baignoire. »

Je t'écoute, un instant je bascule dans la tristesse et le néant.

Toujours tu avais détesté l'incinération. Puis

à quatre-vingt-huit ans, lasse, décrépite, à bout de souffle, tu m'as dit d'un ton tranquille : « aujourd'hui, de ce que je suis devenue… je veux qu'il ne reste rien. Et je veux le Jardin du Souvenir. »

Debout devant la neige bosselée de ce jardin, ce matin-là, je me rappelais le moment où tu m'avais dit ces choses, « alors il n'y aura pas de tombe », avais-je questionné sottement, « et pourquoi une tombe, disais-tu, de toute façon une tombe ne vous donnerait que des tracas à ta sœur et à toi ».

Je me rappelais, lorsque tu fus impotente et très vieille, ton souci de trouver un lieu où te réfugier et mourir. Ton angoisse cachée au moment de quitter ton appartement, ton orgueil à t'installer à la Pensée sans un mot de regret, sans une plainte. Je me souvenais de tes visites à des maisons de repos, avec ma sœur, à des pensions de vieillards, des foyers où l'on meurt seule. Mais mourir seule… « Il faut aller de l'avant », t'obstinais-tu comme on s'égare, les mots sortent de ta bouche pâle, de ton souffle si faible, maintenant de ta cendre sous terre et neige, et je pleure en les répétant.

L'après-midi de cette triste visite, par la Broye plate, j'ai rejoint la maison d'avant. J'avais sept ans. La blancheur écrasait les collines, devant la ville où les fumées tournent aujourd'hui aussi, même silence à la voie du chemin de fer derrière les granges, même amour tellement souhaitable des vivants, et d'eux ce qui demeure et ce qui s'en va dans tout ce blanc que fuient les morts.

O mère, là où tu es, ton visage ne connaît plus aucune neige, aucune parole, pourtant il sait toutes les neiges, tous les mots revenus de ton passage sur terre.

Mère, là où tu es, ton corps ne sait plus rien de sa blancheur ni de sa légèreté à l'air, mais il est plus blanc que les hauts nuages et léger dans l'éther sans fin.

Mère, là où tu es, je suis en toi comme lorsque tu me portais dans ton ventre il y a soixante-treize ans, c'est notre histoire, j'étais sans âge, en toi nageant, ignorant tout de la lumière mais peut-être déjà sachant les causes de l'amour et de la mort.

Mère, là où tu es ton visage n'a plus d'oreilles pour m'entendre ni d'yeux pour me voir, mais je sais que tu me vois et m'entends dans la buée de ton âme, si à chaque respiration de mon poumon vient à moi ton souffle, et dans ma volonté ton cœur jusqu'à mon retour en toi, comme avant, dans la connaissance des choses et l'absence égale du temps.

Le jour où ma mère m'a averti qu'elle ne voulait pas de tombe, j'ai compris que cette décision tenait à la modestie de celle qui refuse qu'un monument célèbre la vie qu'elle n'a pas eue. Pas de pierre, pas de dalle, pas d'inscription, même pas un nom ou une date pour qui retourne au rien sans rien. Et je me suis tu, stupide à l'évidence de sa décision.

Mais qui t'accompagnera, mère, à l'heure du glissement dans le vide ? Tu es morte seule, pendant la nuit, plus démunie encore de solitude qu'à l'instant de ta naissance où deux genoux t'accueillaient. Et pas de tombe. Je comprends mieux. Ta cendre dit tout, ce matin blanc, sous le jardin bosselé des morts.

Hors du temps

Tu es morte, tu es hors du temps. Ce qui est dit entre une mère morte et un fils vivant a lieu dans un autre langage que le langage où je t'écris.

Tu me parles hors de tout langage. Tu me parles d'ailleurs. Du temps sans temps.

C'est dans cette étrange et banale perfusion que je vis depuis cinq ans. J'imagine que tout dialogue entre une mère et son fils est pour le fils une épreuve d'adéquation : mériter sa mère. Egaler, à tout le moins approcher ce qu'elle veut que soit le fils.

Pour moi l'épreuve s'aggrave de n'avoir pas mérité ma mère. Je l'écoute, je lui parle, je t'ai déçue, mère, je n'ai pas été le fils aimant que tu méritais, aujourd'hui à chaque mot que je te dis, à chaque pensée où tu apparais, je ressens mon indignité de fils ingrat et indigne.

Tu me parles, je te réponds. C'est mon lot. Penser à toi sans cesse, te voir, t'entendre, te questionner, te retrouver dans mes rêves et me redécouvrir à chaque fois coupable de n'avoir pas su, – pire : de n'avoir pas voulu te donner ce que je te devais quand tu étais là pour le recevoir.

Je le sais durement, le rappel habite et occupe : je jouais avec le temps, je remettais à demain, au surlendemain, à plus tard, ce que j'aurais dû vivre avec toi dans la vérité et l'amour. Le temps a passé, tu es morte, j'ai raté la rencontre.

Comment pourrais-je ne pas souffrir, quand je te vois dans l'ailleurs, du tort que je t'ai fait toute notre vie en ne te reconnaissant pas ? Au moment même d'écrire cette phrase, au lieu que l'aveu m'allège de ma faute, j'éprouve la douleur de t'avoir laissé mourir sans te l'avoir fait à toi, cet aveu, ne fût-ce que pour t'entendre me dire que tu connais mon état, mon désarroi, mon remords, et que tout est pardonné, aplani, apaisé par la mort qui console et qui fait vivre.

Tu m'écoutes, mère ? Dans l'ailleurs avec tes

oreilles qui n'entendent pas, avec tes yeux qui ne voient pas, tu perçois, tu saisis, tu vois ce que j'essaie ici de te dire et d'être pour toi.

Tu es morte. Tu n'as plus de forme, ni entendement, ni ouïe, ni regard, *tu es rien*. Qu'est-ce qui me fait parler pourtant à ce rien, et l'écouter, le presser ? Ou si je me questionne encore, quoi de toi subsiste et parle au-delà de ce rien dont l'imagination même m'est interdite ? Si *rien* est à son tour réduit à l'absurdité par ma confiance un peu hébétée et de plus en plus fréquente dans la communion des saints, où ma mère est maintenant, et d'où elle me voit et me parle.

J'écris ces pages hors de toute logique. Simplement, dans l'éloignement physique et la présence sans poids de ma mère, quelque chose demeure d'intemporel, comme une précise et lumineuse intuition de cet ailleurs qu'elle connaît, et de ma propre vie qu'elle hante.

Qui suis-je pour oser parler du temps, de la mort d'un être cher, de mon remords envers cet être, de ma petite musique de jour et de nuit pour tenter de capter un peu de son attention ? Et me donner l'illusion d'un rachat possible en piétinant dans mes erreurs.

Peut-être la mort de ma mère m'a-t-elle permis de me considérer sans plus aucun sursis possible. Je suis un très jeune orphelin pas très éloigné de sa propre mort. Aucun rachat. Pas de recours. Orphelin ? C'est maintenant que commencerait ma vie, puisque j'ai à l'affronter seul. Mère, il paraît déjà que je pourrais t'aimer plus sereinement, depuis que j'ai écrit ces derniers mots : … *à l'affronter seul.*

J'ai tué ma mère

J'ai tué ma mère. C'est le pire rêve que j'aie jamais fait. Je ne sais pas comment je m'y suis pris mais au matin elle était morte avec sa tête de jeune fille comme dans le portrait de Curtat, les joues roses, les yeux bleus grands ouverts, un sourire brillant sur les lèvres minces. C'était le matin et je l'avais tuée. Je me réveillais dans une chambre que je ne connaissais pas, je venais de tuer ma mère, elle gisait soigneusement couchée sur un lit que je ne connaissais pas, les pieds tendus dans les petites chaussures luisantes qu'elle portait enfant, petits pieds de jeune morte, jambes et pieds tendus vers une fenêtre que je ne connaissais pas.

J'ai tué ma mère pour de nombreuses raisons.

J'ai tué ma mère pour cesser de vivre dans la domination de son remords.

J'ai tué ma mère parce que je suis un assassin depuis que j'ai compris le secret de mon père, mêlé à un meurtre à trente-quatre ans, sans doute coupable lui-même de ce meurtre ; le meurtre me hante et je dois faire de l'ordre en moi pour ne pas me croire forcé à mon tour de tuer, par une sorte de fatalité génétique qui m'accablerait, me contraindrait, si je ne faisais bonne garde.

J'ai tué ma mère parce que dans mon sommeil de cette nuit-là, nuit pourtant calme, précédée d'aucune crispation de cœur ou d'âme, une mauvaise dictée des profondeurs a imposé ce meurtre à mon rêve.

J'ai tué ma mère par excès d'amour blessé. Crime passionnel. Je ne supportais plus de vivre dans la dépendance trop douloureuse de ma passion unique de ma mère.

J'ai tué ma mère parce que je suis devenu fou. Elle ne m'admirait pas assez. Cette ignorance m'égarait.

J'ai tué ma mère parce qu'elle me faisait honte, dans sa droiture, de ma duplicité et de mes mensonges.

J'ai tué ma mère parce que je ne lui pardonnais pas de m'avoir mis au monde. Jeté hors d'elle. Ensuite pas assez repris.

J'ai donc tué ma mère, en bonne logique, parce que je ne supportais plus notre séparation à tout instant.

J'ai tué ma mère pour me prouver que j'étais vraiment méchant avec elle et avec les siens. Pour en finir une bonne fois avec mon doute sur moi : enfin, en tuant ma mère, j'accomplissais un acte imprescriptible dont le bénéfice était de jeter sur ma faute une impitoyable lumière. Plus d'aller, plus de retour. L'enfer clair. Pardon mère, d'avoir imaginé cet état.

J'ai tué ma mère pour faire pire que mon père. Pour aller plus loin que lui. A force de mensonge, et de la nier, de la déconsidérer, son mépris d'elle l'aurait tuée si elle ne lui avait pas résisté. J'ai tué ma mère, ne le voulant pas et le voulant, pour déplacer et accomplir ce que mon père n'avait pas fait. Pour définitivement le dépasser.

J'ai tué ma mère pour enfreindre le Quatrième Commandement. Et en même temps le Cinquième.

J'ai tué ma mère pour injurier Dieu en m'en prenant à une relation sacrée. Pour intéresser

Dieu. Pour être irrémédiablement coupable aux yeux de Dieu.

Ainsi tuant ma mère, insultant Dieu, je me condamne à la malédiction du matricide et du blasphémateur. Détruisant dans mon esprit ma plus profuse intuition du lien des êtres, source d'émerveillement et de reconnaissance au vivant. La retournant vers le mépris et la mort, ce qui est le plus épouvantable destin que je puisse imaginer.

Assez dérivé. Sortir de mon rêve de meurtre a été un tel allégement que j'ai eu besoin de l'entourer d'un liseré noir pour le bien observer, puis le quitter une fois pour toutes.

A distance je vois mieux qu'il m'a été nécessaire pour avouer un autre délit non pas explicite ou ponctuel celui-ci, mais lent, répété, insistant, et comme la tentative ininterrompue d'usure et d'anéantissement de ma mère, par trop d'amour et de besoin d'elle.

Assassinat différé et sans cesse remis au goût du jour, de l'heure, de la circonstance, par un sujet éperdu, sur un objet destiné de toute façon à mourir avant lui. Un sujet affolé de perdre d'avance la partie.

Haine de prendre congé, mère, d'avoir à affronter la vie après ta mort, comme j'aurai dû toute notre vie affronter d'exister hors de toi vivante, aimante, jusqu'à me faire trembler de fureur. Aujourd'hui considérant plus légèrement cette double défaite, je crois comprendre que seuls demeureraient de notre histoire ce halètement panique, et les mots trop nombreux de notre peine, et il y aurait déjà la preuve que nous n'avons cessé de penser l'un à l'autre pendant tout notre temps sur ce sol dur. Et désormais que je pourrais aimer comme elle le voulait la petite enfant de Vallorbe au regard d'air, de buée, d'eau légère cueillie aux haies d'une aube sans horloge où elle apparaît dans la certitude du retour.

Les cavernes de l'être

Les cavernes de l'être, mère, ces mots ont traversé mon sommeil, rêve ou dictée des profondeurs, j'ai su qu'ils venaient de toi et que je devais les noter parce qu'ils avaient quelque chose à me dire à quoi tu tenais.

Cinq ans que tu es morte, maintenant, ma locataire à chaque instant. Puisque tes mots, ta voix, ta musique inquiètent mon remords en même temps qu'ils me font une incessante compagnie.

Les mots du rêve, cette nuit, tout près de l'aube : tu me les as dits pour absoudre. Pour me dénouer de ma violence contre moi-même, de mon reproche, de ma colère. Tu me les as dits pour alléger. Pour aérer dans le noir.

Pardon mère

Les cavernes de l'être où tout remonte, obscurité, passion du drame, et le regret, et cette violence, tout cela je le sais, assures-tu, je connais tes gouffres, mon fils, je connais tes caves trop peuplées. Il faut que cela cesse. Le labyrinthe ne sera pas fermé, ni ses mauvais hôtes emmurés ! Tu en mourrais.

Mais maintenant, mon fils, regarde mieux sous la masse des mauvais hôtes : sous cette masse, il y a moi. Et regarde-moi. Avec moi, plus de mauvaises distorsions jetées comme des sorts à ton rêve, plus de lourds regrets au réveil. Je peux te libérer, mon fils. Comme mon souvenir te poigne, il peut lever la tristesse, t'éloigner des vieilles cavernes, te rendre à moi, la nuit, le jour, dans l'accord que tu avais perdu.

Le dépassement

C'est ma mère qui a mis en moi l'envie constante de dépassement qui est l'un de mes traits les plus profonds.

Envie, ambition, ou besoin, ce qui est sûr, c'est qu'ils ont conduit ma volonté depuis que ma mère, dans ma petite enfance déjà, m'a appris à surmonter la douleur, les petits accidents, la maladie, à me dominer pour grandir, à enjamber ou sauter l'obstacle, à affronter le danger, à refuser toute peur, à ignorer ou combattre les bassesses.

Etais-je fatigué, « domine-toi », disait ma mère, « la fatigue s'évanouira ». Etais-je triste ou fâché, au collège, du traitement qu'un professeur m'infligeait, « prouve-lui que tu es le meilleur », disait-elle. Avais-je quelque angoisse d'un événement scolaire, remise d'une composition ou examen, « la peur n'existe pas », disait-elle encore, « tu n'as qu'à tirer de toi ce qui est en toi. Vers le haut. Dépasse-toi ».

D'elle j'ai appris à être le premier. D'ailleurs, premier-né, j'étais né un premier mars, j'étais meilleur élève que ma sœur, née deux ans après moi, et seulement le sept du même mois, ce qui garantissait ma préséance. Je recense tout le tort que j'ai fait à ma mère mais je pourrais tenir le registre des satisfactions que je lui ai données en trimestres et semestres réussis, prix reçus, sans compter ma facilité à apprendre les poésies et les fables, et le calcul, et les sciences naturelles, surtout ce qui est des oiseaux, et tout ce qu'il fallait de vocabulaire latin, d'allemand, d'anglais, sous son autorité quotidienne et plutôt agréable à mon souvenir. J'aimais apprendre et elle aimait m'y aider. Que de milliers d'heures j'ai passées à lui *réciter* mes leçons ! Ce qu'elle m'a enseigné là, avec patience et gaîté, s'est inscrit en moi pour toujours. Dépasser. Dépassement.

C'est au plus enfoui que ça a eu lieu. J'ai pris le pli, dans l'exemple et l'exhortation de ma mère, d'une espèce de résistance biblique à l'adversité, au malheur, à la douleur physique, elle me porte à dépasser l'obstacle et à me fortifier humoristiquement, à dépasser ma pauvre taille dans cette opération secrète et muette. Opération au même moment corporelle et morale. Ainsi ma mère. Et moi, comme elle, sans cesse déplaçant les limites de ma prison mortelle d'os et de viande, me mettant au défi d'écrire tel livre, de parfaire en moi telle qualité d'écoute ou de compassion, d'aiguiser ma perception de l'Intemporel et de Dieu, de m'exercer à regarder ma mort et celle de ceux que j'aime, enfin de n'être point trop indigne ou ridicule imitateur dans l'exemple de *L'Imitation*.

Le goût, le besoin, la passion de la perfection, au sens de l'accomplissement, bien plus qu'à celui d'excellence ou de brillance. Accomplir mon destin comme vœu de ressemblance avec Dieu, ou avec ce qu'Il veut idéalement pour moi. Par l'exercice humble des choses, par la rencontre et la fuite des gens, apprendre à dépasser ma structure mortelle, mettre mon pas dans le pas de quelques saints, moi l'imparfait, regarder vers la Beauté.

D'un poète dont je suis proche par la géographie et l'atavisme protestant, j'aime particulièrement certains titres depuis que je suis capable de lire. *Taille de l'homme*, *Besoin de grandeur*, mots de fascination, mots beaux comme des devises d'existence. Ma mère les aimait comme moi. Ils dépassent. Ils accomplissent.

Mais je reviens aux batailles de l'enfance, où l'atavisme Vallotton me protégeait de la méchanceté scolaire. Ce que ma mère aimait, dans le Collège Classique où j'ai vécu six ans de bagne, c'est que les professeurs de caricature qui s'y montaient le cou ne faisaient pas mystère de la règle de la maison : élite, émulation, élimination. Les trois *e*, se rengorgeaient-ils. « Laisse-les faire les malins », disait ma mère. « Surprends-les. Dépasse-les. Rira bien qui rira le dernier. »

On n'a pas idée de ce qu'un tel appui peut développer de confiance dans ses forces, et de goût pour le combat, chez un jeune garçon déjà hanté par la poésie, en butte aux ricanements et aux méchancetés de petits pédagogues d'autant plus virulents qu'ils tenaient en moi le fils d'un enseignant rival, directeur du collège toujours en concurrence avec le leur ; et que les souffrances des Français en guerre leur faisaient honte, eux qui vivaient dans leur étroite paix lémanique à se gargariser bien au chaud d'Eluard et d'Aragon. Ce qui n'était pas une mauvaise chose, mais le snobisme de ces gandins me défigurait la clarté des poésies qu'ils prônaient, – eux que je sentais plus près, dans leur vanité étriquée, de Maurras et de ses acolytes que de la *Diane française* ou de *Liberté*.

« Dépasse-les », avait dit ma mère. Je ris de l'oubli où ces cuistres ont sombré. Puis je me reproche mon rire : indigne de moi. D'autant plus, et je m'en souviens bien, que mon plus redoutable adversaire a souvent été moi en moi, et qu'à dépasser ma propre querelle j'ai parfois usé mes forces. Et pas mal de mon humour.

Encore ma mère. Ecrire mes livres, quitter l'alcool, me donner quelques motifs de ne pas mépriser qui je devenais, je l'ai fait pour elle. Exercice simple. Pour les cas plus difficiles, l'effondrement, la maladie, on avisera. Et la mort, je la vivrai encore avec elle. Cette page serait moins sévère que ce qui précède ou suivra ? C'est le dépassement. Un mot comme une petite cloche gaie dans l'attelage.

Mais la mort, j'y reviens, la ruine de l'être ? Là, on ne joue plus. Là, on *passe*. Nudité dure du seul verbe sans son préfixe si pratique, je m'aperçois que tout ce que ma mère m'a appris pour ne pas trop souffrir d'immédiat, ou de concret, ou des sottises de la vanité, vaut plus encore pour les choses secrètes, les grandes peurs, le souterrain d'où peuvent sortir des spectres incontrôlables, des angoisses qu'on ne domine pas. Et là encore, elle m'a armé. Sans bric-à-brac de survie. Sans forfanterie. Elle m'a armé de paix, de respect pour les choses inéluctables. Je constate au jour le jour, depuis sa mort, que cette paix est l'un des plus vrais cadeaux qu'elle m'a laissés.

Deux naissances

Je crois que je me suis assez mal conduit à la naissance de mes fils, mais je jure que c'était par excès d'émotion bouleversée.

Ma mère s'approchait d'eux, les soulevait dans ses bras, les pressait contre elle, je voyais les gestes de ma mère, j'écoutais les mots qu'elle leur disait, je voyais son regard, j'écoutais son souffle quand elle se penchait sur leur berceau : regret d'avoir tout manqué de cette tendresse et de ces gestes. Regret de n'avoir pas su mériter de tels gestes, un tel absolu dévouement.

Gestes de ma mère que je voyais reproduire avec François, deux ans plus tard avec Jean, ce comportement frais et juste, si précis, si attentionné aux moindres réactions de l'enfant que j'en étais presque éperdu d'étonnement et de coupable tristesse. Je jure que je n'exagère pas. A regarder ma mère bercer mes fils je n'étais pas jaloux, ni frustré, ni envieux. Plus durement, moi qui avais manqué ces gestes, j'étais damné.

Je jure que je me suis fait ces reproches. Que j'ai souffert comme je le dis. Je jure que je ne charge pas mon état d'alors, mon regret était vrai, ma peine était dure, à voir ma mère avec mes fils. En même temps j'étais heureux de sa joie. Presque satisfait du plaisir, peut-être de la fierté, qu'elle prenait à les étreindre. Mais une nostalgie s'insinuait. Elle se rattrape, me disais-je bientôt. Elle compense avec mes fils ce qu'elle n'a pas eu avec moi, fils ingrat, fils absent. Et ma tristesse revenait, mêlée d'impuissante angoisse, à faire le catalogue de mes torts.

Ah sombre image que je ressasse, que je mets en miettes, que je retrouve, que je détruis, ma mère porte mes enfants serrés contre elle comme elle m'a porté, elle les berce comme elle m'a bercé, elle leur chante une chanson où je reconnais l'une de celles qu'elle me chantait dans la petite chambre aux sapins noirs et aux fouines. Qui suis-je, pour avoir renié une telle offrande ? Dans les *Confessions*, saint Augustin observe un enfant devenir « tout pâle et l'œil mauvais » en voyant boire au sein son frère de lait. Moi ce n'est pas de partager, que je souffre ou que je pâlis. C'est d'avoir trahi la donatrice.

Ce qui se passe entre une mère et son fils relève d'un effroyable secret. J'ai habité ta chair, j'ai bu ton sang, ton lait, tes pleurs, maintenant je te regarde tenant sur ta poitrine les fils d'une femme qui n'était pas toi et qui s'éloigne de moi, comme toi aussi, mère, tu t'éloignes de moi parce que je suis ombrageux, obscur, et fou. Parce que je vous trompe toutes les deux pour fuir et défier votre alliance. Parce que je bois seul et avec des imbéciles. Parce que je disparais dans mes livres, et que pour prétendre les écrire, je rôde et vis dix vies lointaines.

Les gestes de la maternité. Ma mère les reproduisant sur mes enfants, devant moi, je jure que c'est l'une des leçons les plus difficiles que j'ai vécues de toute mon histoire de mauvais fils.

Mais je jure aussi que j'ai payé cette mauvaiseté d'un lourd chagrin. Comme si ma mère, qui progressait évidemment vers la mort avec vingt-quatre ans d'avance sur moi, avait tenu à me faire voir dans une lumière douce et nette ce qu'elle m'avait prodigué autrefois. Un film très net, des séquences au ralenti précis et assommant de clarté, des scènes où je suis impliqué comme enfant, puis comme père des enfants sur lesquels elle reporte la tendresse que je n'ai pas su recevoir à temps.

A ce moment de notre vie, j'aurais dû me douter que le temps commençait à compter, jusqu'à la reconnaissance tant souhaitée, ce pardon que j'allais manquer si je persévérais dans l'erreur.

Pourquoi vous êtes-vous fait fils ?

Un enfant sans cesse grandit. « Quand tu seras grand, quand tu seras grand », l'aura-t-il assez entendu seriner, le nauséeux refrain, et reprendre, et recommencer, et rabâcher sur tous les tons de la caresse à la menace. Pauvre petit enfant qui croît, fait front, s'abrite, durement se développe, « quand tu seras grand, quand tu seras grand », ah sans répit contrarié, l'enfant, par son angoisse de *dépendre.*

Pourtant on dit qu'il grandit.

Et moi, enfant de ma mère, ai-je pris taille, force neuve, densité, – ai-je grandi en écrivant ce livre ? Ou ai-je fait l'enfant mauvais pour être puni ? Ai-je joué à celui qui a mal agi, qui a désobéi, trahi, gâché, pour me faire encore gronder et pour pleurer, et pour me fâcher contre moi-même d'avoir un seul instant perdu l'accord de ma mère. Ou pire, ridiculement plaintif, ai-je cherché tard dans l'âge d'homme un surcroît de tendresse à celle que j'avais reçue enfant ? Alourdi de remords, fâché avec moi, ai-je tenté de me délester pour faire plus libre la dernière ligne ?

« Il y a un temps pour naître, dit l'Ecclésiaste, et il y a un temps pour mourir. » Il se peut que mon livre soit une halte avancée, comme une dernière occasion de faire le point, allégé de trop de mensonges, de faux-semblants, de ruse bien adhérente à mes contorsions, masques, doubles jeux, fuites et retours devant la figure idéale et le corps encore terrestre de ma mère. Elle est cendre, nous avez-vous dit ? Nous savons bien, et pour vous, que votre mère n'a jamais cessé d'être incarnée, même morte, même réduite par le feu. Qu'elle n'a jamais manqué d'être ranimée, et nourrie, et transcendée, par la vertu d'un autre feu qui est l'amour de son fils. Et par le tourment de ce fils, son calvaire, son enfer, et le brasier d'une passion qui perd son fiel et s'épure d'être montrée et expiée.

Ainsi cette halte où je nous regarde, ma mère

et moi, serait-elle comme un bivouac extrême où nous rejoindre. Serait-elle comme un dernier point d'eau où boire, me reposer, me laver avant ma mort. Une mort que je pourrais dès lors aborder dans un délai souple, léger à porter en mémoire et bénéfiquement extensible dans le temps.

— Pourquoi vous êtes-vous fait moine ? avais-je demandé à un Père de Fribourg.

— Pour n'avoir rien à laisser de trop encombrant à ma mort.

Longtemps j'ai été travaillé par sa réponse. Elle m'a fait croître et me développer. Savoir qu'au dernier moment rien de pesant, rien de salissant que ma pauvre dépouille ne sera à charge. C'est déjà trop de ce corps !

Ainsi m'arrive-t-il de penser qu'écrire sur ma mère a été l'occasion d'un énorme débarras de fatras coupable et de duperie dont j'étais le seul responsable.

A ma question profane, le moine aurait pu répondre : parce que Dieu l'a voulu. Ou par vœu de pauvreté. Ou par amour de Jésus-Christ. Ou pour souffrir son supplice. Pour l'imiter heure par heure. Ou par l'intercession de Marie, mère de Dieu, bénie entre toutes les femmes. Et sans doute y avait-il tout cela dans sa vocation de prêtre. Mais très clair, il a dit premièrement sa volonté, ou son vœu, d'être sans poids devant la mort. J'aime cette réponse. C'est aussi le vœu que je fais pour moi. La mort que je souhaite. Et d'y entrer délivré du poids du remords de ma mère, réconcilié, rendu à la paix, au moment de la retrouver à jamais dans l'autre Temps.

— Pourquoi vous êtes-vous fait fils ?

— Pour rentrer dans le sein de ma mère. Pour y rentrer aussi nu, ignorant, absous, qu'à l'instant de ma naissance terrestre.

Comme le moine de Fribourg, en répondant j'ai aussi pensé : je me suis fait fils parce que Dieu a voulu que je naisse d'une chair. Parce que dans cette chair, j'ai été jet de semence, œuf, poisson, squelette se formant, crâne se développant, cœur que l'on pouvait entendre à travers la peau de ma mère. Puis je suis né fils. Hors de toi. Ainsi commence mon histoire. Ainsi commence ta gloire que je voudrais tant aimer, avec tellement de retard, toi qui n'auras jamais de tombe, en te donnant ce tombeau de mots qui sont mes mots les plus vrais depuis que je suis sorti de toi.

Ai-je grandi ?

Mais qui suis-je, que tu ne saches ?

Comme si, loin de grandir, j'étais toujours resté devant toi le petit garçon dont tu sais et devines tout. C'est l'origine de notre faille. Pour ce petit garçon tu voulais telle vie, tel événement, tel dépassement que le sort, ou ma volonté, ma paresse, ma fantaisie, conduisaient tout autrement. Ou ne conduisaient pas du tout, ce qui était très contraire à tout ce que je connais et ressens de toi. Devient-on jamais un homme pour sa mère ? On dit qu'un garçon devient adulte, devant elle, à la naissance de son premier enfant. Je ne l'ai pas su. Même avec François et Jean, peut-être surtout avec eux, combien de fois me suis-je dit : là je déplais à ma mère. Là je vais contre elle. Je fais le contraire de ce qu'elle veut pour moi et pour eux. Et toi pourtant, sous mes errances, mes rôderies, trop de haltes, tu connaissais si bien ma seule voie, qui était de faire des livres. Poétiquement, et obstinée, tu m'y avais engagé en me soutenant, le temps du collège, et en m'envoyant à Fribourg faire mon bac chez les Pères. Parce que tu savais ce qui était bon pour moi. Et même quand ma vie allait tout autrement que tu ne voulais, tu continuais à savoir ce qui était bon et mauvais pour moi et la faille se creusait, béait, pleine de cris et de reproches, parce que je n'en faisais qu'à ma tête contre toi et ta volonté.

Je réponds à la question que je posais : non, pour sa propre mère, on ne devient pas un homme, c'est-à-dire un être opaque, abouti, responsable, capable de décision et d'entière indépendance, on ne devient pas cette monade cuirassée et sans autre rapport avec le monde que de l'infléchir et le narguer. Suffisance et domination. Oh le monstre par moi inimitable, tant les liens qui m'attachent à ma mère ont tenu toute ma vie jusqu'à aujourd'hui où je dis ces choses. Cinq ans que tu es morte, mère, et je n'ai pas un instant où je ne te vois et t'écoute.

Tu es ma mère sans tombe
Ma fontaine de regret

Tu es ma mère
Orée au temps sans temps
Où reposer à l'ombre nue
Et l'eau qui monte à mon cœur
Avec la nuit revenue

Tu es ma mère
Appel de l'oiseau mésange
Ossature cave liquide

Pourquoi vous êtes-vous fait fils ?

Ma mère privée de monument
Sans inscription sans aucun nom

Ma mère dans ta cendre
Dans ta seule voix qui ponctue
Ma vie jusqu'à ma mort

J'écris ce poème un matin de juillet, anniversaire de mon premier fils, quatre mois que je rature ces pages sur toi, et nous trouvant pas à pas je découvre l'énorme don que tu me fais au-delà de ta mort : me nourrissant du tort même que je t'ai infligé et du tourment que j'en souffre. Toi, pure, moi coupable, mais tirant de mon remords à ton endroit une part de ta force. Ou mieux, utilisant cette force, aujourd'hui, comme l'exemple absolu que trop longtemps je n'ai pas pu suivre.

Ma mère sans tombe. A l'image de ce qu'elle n'a pas eu de son vivant. Nue dans sa mort parce que tout ce qu'elle demandait de la vie, c'était un monument certes moins visible que celui qu'elle aurait eu dans la mort pour abriter et signaler quelques années encore sa carcasse : un monument tant désiré, tant voulu, d'air et de gestes tendres, de confiance, d'attention, de durée sur cette terre précaire, et qu'elle aurait jusqu'à la fin nommé Pierre, du nom qu'elle aimait de mon père. Et c'est moi, aujourd'hui, qui essaie de le lui rendre en pauvres mots de remords filial, pour qu'elle ne soit plus nue et triste au vent de l'oubli et de la mort.

O vieil oubli. O mort terrestre. Tu es Pierre, avait-elle pensé au moment d'épouser mon père, et sur cette pierre je bâtirai notre vie. Non mère tu n'as rien bâti sur cette pierre trop friable qui t'a manqué, qui a failli, chute et désordre, et toi tu n'as pas voulu de tombe en pierre ni à Vallorbe où reposent tes aimés, ni au Bois de Vaux où est Pierre, afin que fût représentée par le vide, par l'absence, l'absence de Pierre à toute ta vie.

Et la mienne, par imitation.

Je réfléchis sur l'origine et sur les causes. Je me souviens de tous les gestes, de toutes les paroles dans la cage d'os. Le récit finit, le récit commence, il n'y a pas d'autre centre que ce visage encore en larmes que je dois laver en nettoyant ma blessure. Puis le matin vient. Et encore l'ombre. « Là où je suis, je veux que ceux que tu m'as donnés soient aussi avec moi. » Où serons-nous, mère, sur les confins, dans cet Intemporel où nous rejoindre ? Et quel baiser, quelle étreinte sans corps, sans voix, sans mots, connaîtrons-nous au-delà de nous-mêmes et de toute mémoire imaginable ?

Il neige une étrange lumière hors du temps, ce matin de juillet où j'écris ces phrases, et sous chacun de leurs mots j'entends ta voix, mère, je vois ton visage, je sens se lever en moi l'affreuse tendresse qui me poigne et me fortifie à ton seul nom. Lumière blanche, de branches brillantes, d'ailes, de couronnes de neige en lueurs d'aube sur les prairies, les collines, les vallons, jusqu'aux montagnes où va ton regard, buée bleue. Mère qui renais à chaque seconde. Mère de l'Instant, de ta naissance sous des tourbillons de neige printanière à cette aube d'été où ton fils déjà vieux te parle comme on parlerait en rêve à la rivière qui ne s'interrompt pas sous le sol des morts et des vivants, cette nuit encore me réveillant j'écoutais son eau fuir entre les rives et je retrouvais ton visage de jeune fille au jour de ta mort, plus aucune ride, le front grand et lisse, et si dur et froid ton front, un galet usé par la vie et maintenant plus dur galet déjà poli au néant sur quoi tes yeux fermés savent.

Je ferme moi aussi les yeux. Il n'y aura plus de ressemblance. Rien que des bribes, des échos, des restes, ta voix ce matin dans le jardin du peuplier et plus tard entre vent et buée sur une route de montagne où nous marchions sans mon père avant de retrouver les bois, le chalet, la table, ta chaleur, tes yeux sur les livres, la pluie battant la fenêtre devant la vallée.

Le sursis du dernier souffle

Ce mardi 10 octobre 2006, sans étonnement, je me sens assez fort, donc assez détaché de moi, pour regarder le film vidéo que Philippe N. a fait de ma mère peu de jours avant sa mort. Je n'ai pas voulu le voir avant. Trop tôt. Encore trop d'impatience. Peut-être l'appréhension à me retrouver seul devant elle seule. Aujourd'hui suis-je prêt ? Je n'en doute pas et j'en doute.

Une certitude pourtant m'a contraint : depuis quelque temps j'éprouve le remords de m'être dérobé à ce film. Ou de l'avoir chassé de moi. Comme si je refusais une fois de plus de rencontrer ma mère. Comme si son image, sa voix, son *air*, allaient me plonger à nouveau dans l'horreur de la séparation. Mais suis-je mieux lié à elle, mieux coupable, mieux habité, plus à l'abri, de refuser de voir ce film ?

Vidéo de quatre-vingt-dix minutes. Face à face une heure et demie, cinq ans après, avec la morte que j'ai tuée. Mon visage est-il égal, mon corps ferme, mon vêtement net ? Face à face avec ma morte. Une morte que j'ai accablée, méprisée, usée. Et la lumière de ce matin, la pièce où je vais voir le film, sont-elles dignes de l'accueillir ? Et les campagnes tout autour, les prairies, les vallonnements devant mes fenêtres, sont-ils prêts à la recevoir ? Et la forêt où goutte l'aube. La montagne pleine de brume. Ne rien vouloir. Ne rien attendre. Me tenir là dans ce qui arrive, dans ce qui va passer et qui passe. Et sur les traces. Rien exiger. Me fonder sur le présent. C'est *sa* réponse. Je l'écoute. Et tout à coup je plonge dans le film comme on s'immerge dans sa propre âme, – comme on cède à son destin.

Elle est assise dans le voltaire à velours bleu, les beaux cheveux très blancs, lumineux, le visage amaigri, les fines lèvres bien visibles ; le dos voulu droit dans la robe de soie noire à fleurs, cravate de soie au col, mains maigres serrées sur les accoudoirs. L'image est très bien cadrée, le portrait net, sur le fond blanc de la tapisserie. A sa gauche sur une petite table un gros bouquet de lys blancs et de marguerites d'hiver.

A sa droite, rien, sinon son bras qui va se mettre à bouger, qui brassera l'air, et sa main qui presse un petit mouchoir dont elle essuie souvent sa bouche, les commissures de ses lèvres, ses yeux qui ne voient pas. Corps raviné par l'âge, tête creusée par l'âge, une vigueur pourtant se tend, proteste, veut s'arracher et dire bien haut, au bord du vide, des choses qu'elle doit absolument exprimer devant l'inexprimable et le rien.

Au moment où elle commence à parler, l'après-midi du jeudi 25 janvier 2001, elle ne sait pas qu'il lui reste vingt et un jours à vivre, elle sait qu'elle est très vieille, que la mort est proche, qu'elle témoigne *pour la dernière fois*. Tout ce qu'elle va dire compte, il n'y a plus aucune place pour le jeu, le gratuit, aucun ornement, aucune ruse. Le mot nu. La phrase nue arrachée à quatre-vingt-onze ans de vie. Le visage nu lui aussi, et sous la soie noire le corps est nu comme à l'instant de sa naissance et comme il sera au jour de sa mort quand on le lavera, le redressera, pour la mise en bière et la flamme du crématoire.

Le propos ne m'accable pas. Elle dit qu'elle m'aime. Qu'elle m'a toujours vu écrire, peindre, dessiner, que j'étais un gentil petit garçon, à l'extérieur un peu timide, réservé, craignant la foule des autres enfants, que j'écrivais à cinq ou six ans des petites histoires sur des multitudes de feuilles, des carnets, et que nous nous entendions ma sœur et moi. Nulle jalousie. Qu'à trois ans je passais des heures sur les genoux de mon père qui écrivait. A deux ans, que j'ai mis en pièces un dictionnaire Larousse en le feuilletant sans arrêt. Que j'ai mal tourné à douze ans, agressif, violent, qu'elle a insisté pour que je fasse un bac, et voulu mon bac à Fribourg. Puis les livres. Premier livre de poésie, à vingt ans, elle cite le titre, elle en est fière, elle se souvient de tous ces poèmes, et des livres qu'elle a détestés, et que *L'Ogre* n'est pas mon père, mais le sien, Alexandre, fils des Vallotton des Grandes Forges, frère d'Adrien, le Grand Chaînier. Et la boisson. Et les femmes. Et mon père, ce menteur, ses tromperies, ses violences, le suicide, et un autre suicide manqué, quatre ans plus tôt, au pot d'échappement de la Chevrolet (elle se trompe et dit Chrysler). Elle parle enfin de Vallorbe, de son enfance, encore des Forges, et des siens, avec une autorité qui croît à mesure que le souvenir très exact la fortifie et la guide.

Les derniers mots ? Dans l'amour. Qu'elle m'aime. Que je lui ai apporté hier un gros bouquet de tulipes. Voilà, c'est l'heure, il n'est pas très fréquent qu'une pensionnaire réponde pendant une heure et demie aux questions d'un enquêteur, Madame il faut mettre un terme mais je vois bien qu'il n'y a pas de terme, la fin est ailleurs, – l'espoir et le désespoir de cet ailleurs.

Aucune sensiblerie. Aucune expression outrée. Ce qui est dit là doit être dit sans effet, par-dessus toute prudence et tout calcul. Surgissement définitif des mots d'une vie, de souffrance, de pur amour. Le débit est anxieux, calme, hanté par le souci de dire juste devant la mort et le rien. Le rythme est lent, interrompu par un sanglot, un appel du bras ou de la main. Chaque mot y trouve son poids, son sens premier et dernier.

La voix est nette malgré l'usure de la gorge, des muscles de la langue, de la fatigue du petit torse qui se contracte dans l'effort et la volonté de dire encore, de témoigner, d'extraire du temps, du malheur, de l'amour, la parole la plus exacte. *Vox ultima in deserto*. Dénudation, vérité. Et cette voix est celle de ma mère. Et ce corps creusé, ce corps tendu est ma mère.

J'ai dit que le film ne m'accablait pas. C'est plus grave. Ce film rejoint la part d'attente, de passion, où se tient et parle ma mère depuis toujours, et plus près, et plus haut depuis sa mort. Habituellement, je le sais aussi, je peux tenter de faire taire cette voix qui parle à l'intérieur de moi. J'ai même le pouvoir, si je veux lui échapper par intermittence, de m'exercer à l'oublier, c'est quelquefois une distraction d'elle que je rêve, comme un répit, une halte gratuite.

Or le film, droit devant mes yeux, pas moyen d'y échapper. Le film hors de moi, hors du pouvoir de ma volonté ou de mon rêve, le film qui impose la présence réelle de ma mère, le corps tangible, audible, robe de soie, cheveux blancs, visage maigre, lèvres sèches, nez rougi par le frottement du mouchoir, et cette voix, cette voix surtout, lente, nette, qui détache les mots de toute une vie à la frontière du vide, je ne peux y échapper, me les cacher, m'y soustraire un seul instant. Implacable aimantation de l'image, que porte la force de ma mère arc-boutée sur la vérité qu'elle doit absolument dire une dernière fois.

Et cette force de ma mère m'attire. Cet arrêt

entre désespoir et vérité. Force tendue nerveusement par l'urgence du délai. Résumer, exercice *extrême*, l'obscur et la clarté d'une vie. Il y a longtemps qu'elle ne trie plus. Que l'essentiel a été filtré par les années, les souffrances, le souvenir des joies, l'expérience de la douleur dans son corps.

Et plus rien ne lui importe que le vrai. Plus rien n'a de sens que quelques figures, son fils, sa fille, l'enfance tutélaire. Plaies d'amour, d'angoisse, traces du destin.

Car c'est bien d'un destin que parle ce film. Non que la vie de ma mère comportât quoi que ce fût d'exceptionnel, qui la plaçât à part du lot commun et mortel.

Mais à scruter ce corps rongé, à ressentir physiquement son immense effort pour parler, à écouter cette vieille voix que j'ai encore si jeune et fraîche dans ma mémoire, je prends mieux conscience du caractère terriblement unique de toute vie, et du défi, du scandale, de l'effrayante solitude de cette vie unique devant l'infini, – devant le vide.

Le visage est beau. Front haut, cheveux lumineux, yeux encavés dans l'arc des orbites rendues plus visibles par l'amaigrissement. Le menton, qui fut arrondi, devenu plus volontaire d'être si maigre. Expression nécessaire : la noblesse de cette tête. Sa dignité. Et digne aussi le petit corps décharné dans la robe en soie sombre qui luit sous les projecteurs. A droite de l'écran la touffe de lys blancs, les marguerites blanches qui relaient la lumière de la coiffure blanche. A gauche la main qui se crispe, prolonge, scande le propos.

Existe-t-il une relation entre le destin et la beauté ? Ma mère a toujours été belle. Mais sa beauté aujourd'hui, sa beauté à l'instant du film, est-elle l'effet des épreuves de toute sa vie ? Auquel cas son destin dur aurait travaillé sur elle, sur ses traits, son maintien, ses gestes, et jusque sur l'expression de son visage, pour lui faire cadeau du rayonnement fort, à la fois aigu et doux, qui a été le sien, de part en part, les derniers temps qu'elle a vécus. Et singulièrement au moment de ce film.

D'où la force renouvelée que je tire à mon tour de ce spectacle et de son souvenir. Certes, dès la mort de ma mère, j'ai éprouvé comme un aiguisement de vigueur dans mon corps et dans ma pensée. Morte, elle infusait en moi son esprit de décision, d'accueil, de refus : ce pouvoir de dire non, qu'elle avait au plus haut point et que j'ai senti se fortifier en moi depuis cinq ans. Non pour me durcir : pour me simplifier. Pour atteindre à cet état d'idiotie, de modestie élémentaire, peut-être d'ignorance, qui m'approcherait davantage d'une possible paix avec ma mère que savoir, exiger, dire avec trop de certitude.

Pourquoi n'ai-je pas voulu voir ce film plus tôt ? Longtemps je me suis dit : « j'ai le temps », remettant à plus tard cette rencontre avec l'image de ma mère comme je le faisais avec elle de son vivant. Mais la question me poursuivait. Depuis février 2001, cinq longues années, pourquoi fuir ma mère dans ce film ? Pour éviter de souffrir de son image en apparition insupportable ? Mauvaise raison, puisque de toute façon elle me hantait. Pour échapper à une trop violente confrontation ? Mais je la rencontrais sans cesse, parfois pour des reproches bien pires que ceux que m'eût adressés l'image.

De cela j'étais certain mais une gêne subsistait, car je savais, si j'acceptais de voir le film, que j'allais me retrouver seul devant une personne parlante, vivante, un corps respirant, des mots m'atteignant, et je différais le moment de la projection comme on remet à plus tard un devoir dont le poids s'aggrave d'autant.

Une réponse pourtant s'est imposée au

moment où j'ai commencé à écrire ce livre sur elle et sur moi. Voilà, c'était décidé, je verrais le film quand le livre de ma mère serait assez avancé, et assuré de prendre âme et corps, pour que je n'eusse pas à craindre de l'abandonner, ou de le voir se défaire sous le choc de la rencontre avec l'au-delà.

La rencontre avec l'au-delà… Je perds ma mère physique, bientôt réduite en cendres, cinq ans après je la retrouve vivante sur un écran de verre bombé. Certes elle ne m'avait pas quitté toutes ces années, elle m'habitait, je l'habitais, mais il s'était établi entre elle et moi la relation du vivant et de la morte : un état d'absence-présence aigu mais calme, attentif, où j'étais entré et où je demeurais comme dans une maison de moi seul visible et sensible.

Et tout à coup elle apparaît matérielle devant moi. Il est un peu plus de quatorze heures, mardi 10 octobre 2006, je suis seul, dehors j'entends le passage de la bise sur le jardin et le pépiement ininterrompu des oiseaux. J'ai fermé la fenêtre de la grande pièce où sont les livres, les tableaux, les objets familiers sur la table, je me suis assis face à l'écran, non pas troublé mais affûté, et fort de tout le calme que j'ai voulu pour cette rencontre.

Et là, ton apparition. Où est le réel, mère, avec ces livres, ces tableaux, cette pièce que tu connais, le fauteuil où j'ai pris place et qui est le tien quand tu viens là ? Où est le réel avec ta voix, avec ta chevelure blanche, tes yeux encavés, ta main qui bouge dans l'air de l'écran, ton enrouement de fatigue et de faiblesse, la netteté de ton discours sur les tiens, sur ton enfance, sur moi ?

Le décalage me confond. Le réel a basculé vers une image incarnée. Toute incarnation égare avant de rassembler et de porter. Je sais déjà que par elle, par cette incarnation, je serai plus fort dans quelques instants. Et que de l'avoir vue, écoutée, donc physiquement approchée, je tirerai plus de cohérence et de clarté pour moins mal être. *Noli me tangere*, ne me touche pas, avait dit une autre apparition dans un jardin de Pâques. Ici pourtant, mets ta main sur moi, ouvre l'oreille, écoute ma voix, dit l'image dans le sursis du dernier souffle. Et j'obéis comme on cède à sa plus ancienne faim, instinct de vie, besoin de la peau toujours chaude, de la pression du ventre sur moi de la femme qui m'a porté et me porte dans tant de rêves et de veilles.

Revoir ce film, me souvenir de ce film, simplement penser à ce film, tout de suite je file de l'autre côté du réel et j'oscille à nouveau vers le présent. Expérience d'une autre idiotie encore que celle de la simplicité particulière ou de la force que me donne ma mère. Par ce film, je suis à la fois basculé de l'autre côté de la vie pratique et j'y suis replongé par une autorité dont je sais depuis toujours l'effet sur moi : la voix de ma mère, l'esprit de ma mère, la volonté de ma mère.

Et même son regard, au fond de ses orbites maigres, ses yeux d'aveugle me voient d'autant plus clairement aujourd'hui sur cet écran, que la mort leur a rendu tout leur pouvoir sur moi, aiguisant même leur faculté de me sonder et deviner.

Mais sur l'écran ? C'est là que la circonstance dérive dans l'ailleurs, et de l'ailleurs retrouve le réel où ma mère n'est pas la revenante, le fantôme, mais bien l'habitante de cette demeure visible et sonore qu'elle a inventée en moi en mourant. Ou dans ce que j'avais cru être sa mort.

Touche-moi, palpe, écoute ma voix, dit l'apparition, ah presse-toi contre moi comme lorsque tu étais petit enfant et que tu collais ta bouche à ma poitrine ronde. Embrasse-moi, dit l'apparition, mange-moi, bois-moi, rentre dans mon ventre où tu te lovais avant ta naissance, reviens en moi à la nuit où tu nageais en pleine paix.

Et qui dit cela ? C'est ce vieux corps de quatre-vingt-onze ans arc-bouté sur sa ruine et qui se tend, qui s'exténue, visage ravagé, poitrine rongée, main osseuse battant l'air encore palpable des vivants devant le rien.

Dans quelques jours elle mourra, la vieille femme de l'écran, ma mère si jeune et si usée, le film est tourné le 25 janvier, elle meurt le 15 février. Une vie, quatre-vingt-dix minutes de film, plus que vingt et un jours à vivre.

Il faut aller à l'os pour écrire ces choses. Il faut être maigre à mon tour pour dire ces choses. Pour avoir voulu les rouvrir, blessure première, avant de me taire enfin sur elles. Mais me tairai-je jamais, mère, dans cette habitation, toi en moi, mère, destin, mémoire, reproche, passion, à mon tour je te porte, je te donne vie, je t'épuise en moi et hors de moi, tu m'habites et je t'écris ce livre pour que nous ne mourions pas l'un par l'autre, pas tout de suite, avant notre autre vie sur les confins.

J'écris ces choses et dans mon corps se dilate un espace d'air très frais, léger, mobile, où je perds poids et amertume comme si j'allais y nager. Je sais que je suis de cet espace, maintenant légère cave maternelle, et de ce mouvement qui m'aspire comme un souffle dans les étages. Je sais que je suis né de toi et que je vais à toi. Le dominicain que je questionnais souvent à Fribourg sur notre peu de traces dans ce monde me donnait cette seule réponse : « Dieu est, il m'a fait, il m'attend. » C'est ce que j'aimerais me répondre sur toi, mère, quand je serai allégé de tout regret.

L'allégement

Un petit monument de mots, pauvres mots, dérisoire tombeau, mère, pour toi qui n'as pas de tombe.

Un monument que j'ai voulu pour cesser de m'accabler et de souffrir. Ce matin je regarde ce livre, par nature il n'aura pas de fin, il restera ouvert entre nous, phrases, appels, feuillets, notes revenues que l'air et le songe font bouger, souvent secouent, puis bénéfiquement habitent.

D'autres constructions, somptueux Mallarmé, trop riches tombeaux, ont célébré tel poète dans son « granit », tel autre dans son « marbre », un autre encore, pourtant vieux vagabond ivrogne, opprimant de sa mort « l'astre mûri des lendemains ».

« Glaive nu », « sursaut d'hydre », « funeste monde », « désastre obscur », j'y ai quelquefois regardé, tôt écrasé par la splendeur de ces mausolées. A tant de magnificence langagière préférant l'air de La Fontaine, qui était aussi le tien, et je continuais à faire ta stèle de bric et de broc, comme se faisaient dans mes carnets et lentement se fortifiaient la reconnaissance du cœur, la tendresse de l'âme, les liens ténus et incassables de notre mémoire.

Assemblage de mots poreux, maison fragile, habitation tellement précaire que je t'offre, au lieu, quand il le fallait, de mon amour et de ma présence qui frappe et parle dans les cloisons de papier et de ratures. Qui ne veut plus se plaindre, qui tente un discours encore hésitant parmi les phrases revenues de l'ombre en larmes ? Mots sauvés, assemblés, pour que ta mort soit moins fermée, ton corps rendu à sa place, ta figure exposée au jour. Monument qui s'ouvre, j'aimerais dire qui bat comme un cœur bat, d'ici j'entends son bruit, son tremblement, sa vibration dans le sol qui est le tien, et l'air qui circule et qui le porte avec ta voix ailleurs et là.

Un après-midi que nous nous promenions dans le quartier de la cathédrale, tu étais venue me rejoindre au Gymnase pour le déjeuner, tout à coup tu t'étais arrêtée devant l'immense paysage des toits de la ville qui descendent la pente vers la rive, le lac, l'eau scintillante devant la montagne. Un instant tu avais pris mon bras et nous étions demeurés immobiles devant la lumière, nous taisant, regardant l'ampleur ouverte devant nous, et j'ai su que nous venions de vivre un intense moment de pardon. Et comme nous nous remettions à marcher je ne ressentais plus de remords, ni de division entre nous, ni de chagrin à mes ratages et errements quant à toi. Nous étions accordés et pleins de naïve science l'un pour l'autre. Nous nous connaissions depuis toujours et nous venions de faire la découverte de notre amour de mère et de fils déjà âgés, et légers, et forts de la nouvelle paix.

J'ai perdu, retrouvé, reperdu cette grâce mais à mesure que j'écrivais ce livre, mère, le pardon que je te demandais m'était donné par une nouvelle allégresse qui excitait mon souvenir et avivait le sentiment de ta présence dans le réel. Dire ma faute, et la sentir aussitôt levée par l'exaltation calme de l'écriture. Par cette certitude aussi qu'à chaque mot ici écrit tu m'accueillais davantage en toi ; aveu de mon tort, retour en toi. Rentrer et renaître dans sa mère, je vois l'absurdité du vœu, mais c'est dans l'idiotie de mes divagations, tu le sais, que je retrouve ma part vivable et consommable sur ce sol dur. Plus je suis bête, plus je suis fou, mieux je me persuade que toute réponse, toute rémission, et l'allégement de tout poids de mélancolie ou d'erreur, doucement brûlent et enseignent dans la proposition de Nicolas de Cues cent fois répétée, réfléchie, pour mon plus long entendement : *credo quia absurdum*.

Et le temps passe. Le deuil ne se fait pas, il s'allège. Comme l'eau sablonneuse sur le fond du verre *dépose* les impuretés, les particules trop lourdes, inconvenances, débris, pièces fautives, l'eau de notre mémoire a gagné en transparence, en clarté, en sérénité plus légère à mesure que les jours allaient et que se constituait ce petit livre de confession et de présence.

Temps qui fuit, deuil qui s'allège, figure qui ne s'efface pas, qui vit encore plus près du réel dans ce qui advient et viendra, part du temps, part des formes, part qui s'assure de moi avec une lumière, une voix, chaque jour plus explicites.

Il n'est pourtant pas si loin, le temps où je ne pouvais pas dire « mère » sans souffrir. Deuil-douleur, deuil-remords, puis cette habitation presque heureuse de l'être à l'instant et dans la durée.

Cinq ans, maintenant, que tu es morte. C'est un nombre qui ne me dit rien. Habituellement les chiffres, les nombres, les numéros jouent avec mon imagination, ils ont un pouvoir plastique, sonore, pictural, qui m'attire ou me détourne d'eux. Là je me rends à l'évidence, cinq ans, et le cinq, chiffre plat, le compte n'y est pas, ni le son, ni le pouvoir imaginaire, parce que le temps de ta mort n'a plus rien à voir avec aucune chronologie ou mesure du calendrier. Là c'est le chiffre qui ment, ton temps à toi n'est plus le nôtre, j'ai dû m'exercer à m'y fondre pour le faire mien. Apprenant ainsi à vivre dans le même moment ton temps à toi, dilaté dans l'infini, et le temps de la précarité, le temps marqué qui sera le mien jusqu'à ma mort.

Temps sans temps, immatériel, dilatation sans limite, et temps du fragment compté.

Mais immatériel, vraiment ? Ces cinq années, je n'énumère plus les conversations, remises à l'ordre, monologues, avertissements bons et sévères que je dois à ton apparition nuit et jour. Il y a le rêve, le sommeil, et soudain en pleine lumière cette autre lumière au-dedans, au-dehors, qui est celle de ton corps visible. « Touche-moi », me dis-tu encore.

Et toi aussi, mère, touche-moi, regarde-moi, parle-moi comme je te parle à cet instant de la journée où toute absence de fatigue, d'âge, de livres, pourrait me faire douter de ma propre saisie du réel. Idiotie et immobilité. Mère morte il y a combien d'années ? Je ne m'attriste pas. Je me sens lourd, vide, léger comme après une étreinte ou une crève. A la grande baie de la terrasse le jour est blanc, vide, secoué de vent, troué de cris de corneilles et de brefs appels de mésanges dans le pommier du Japon brillant de givre. O mère qui fut une petite enfant joueuse et affolée de tendresse. Mère qui veut le sol, les plantes, les pulpes du sol. Mère venue au premier jour sous les tourbillons neigeux de mai. O refuge de ma peine de vivre et d'avoir un jour à mourir. Epaule, cou, gorge où je m'enfouis et appelle. Mais quoi en nous, hors de nous, est porté par ce sort qui abîme et qui illumine ? Tu n'as plus d'os, mère, tu n'as plus de peau, tu n'as plus forme ni voix, ni de narine en toi pour respirer la terre que tu aimes, ni de bouche pour la manger. Aucune pensée dans ton absent crâne que celle que je te donne, si loin et si près dans l'ailleurs où tu attends, sans hâte maintenant ni angoisse mon retour.

Table

Œuvres de Jacques Chessex (suite)

Chez d'autres éditeurs

LA TÊTE OUVERTE, Gallimard, 1962.
CHARLES-ALBERT CINGRIA, Seghers, 1967.
ENTRETIENS AVEC JÉRÔME GARCIN, La Différence, 1979.
LA MUERTE Y LA NADA, avec Antonio Saura, Pierre Canova, 1990.
L'IMPARFAIT, Campiche, 1996.
BAZAINE, Skira, 1996.
LA CONFESSION DU PASTEUR BURG, Bourgois, 1997.
POÉSIE, I, II, III, Campiche, 1997.
FIGURES DE LA MÉTAMORPHOSE, La Bibliothèque des arts, 1999.
LE DERNIER DES MONSTRES (Saura), Cuadernos del Hocinoco, 2000.
NOTES SUR SAURA, Cuadernos del Hocinoco, 2001.
DE L'ENCRE ET DU PAPIER, préface d'Yves Berger, La Bibliothèque des arts, 2001.
UNE CHOUETTE VUE À L'AUBE, avec Pietro Sarto, Chabloz, 2001.
TRANSCENDANCE ET TRANSGRESSION, La Bibliothèque des arts, 2002.
LES DANGERS DE JEAN LECOULTRE, Cuadernos del Hocinoco, 2002.
PIETRO SARTO, Chabloz, 2003.
L'ADORATION, avec Pietro Sarto, Chabloz, 2003.
DOUZE POÈMES POUR UN COCHON, avec Jean Lecoultre, Chabloz, 2003.
THOMAS FOUGEROL, Operae, 2004.
JAVIER PAGOLA, Cuadernos del Hocinoco, 2004.
PORTRAIT DES VAUDOIS, L'Aire bleue, 2004.
ECRITS SUR RAMUZ, L'Aire bleue, 2005.
CE QUE JE DOIS À FRIBOURG, Bibliothèque Cantonale et Universitaire, Fribourg, 2005.